中国古代文史经典读本

西厢记 选评

李梦生 撰

上海古籍出版社

图书在版编目（CIP）数据

西厢记词选评／李梦生撰. —上海：上海古籍出版社，2018.6（2021.4.重印）
（中国古代文史经典读本）
ISBN 978 –7 –5325 –8859 –6

I. ①西… II. ①李… III. ①《西厢记》—戏剧文学
—文学研究 IV. ①I207.37

中国版本图书馆 CIP 数据核字（2018）第 126688 号

中国古代文史经典读本
西厢记选评
李梦生　撰
上海古籍出版社出版发行
（上海瑞金二路 272 号　邮政编码 200020）
（1）网址：www.guji.com.cn
（2）E-mail：guji1@guji.com.cn
（3）易文网网址：www.ewen.co
常熟市人民印刷有限公司印刷
开本 787×1092　1/32　印张 6.125　插页 2　字数 82,000
2018 年 6 月第 1 版 2021 年 4 月第 3 次印刷
印数：7,121—8,220
ISBN 978 –7 –5325 –8859 –6
I · 3286　定价：20.00 元
如有质量问题，请与承印公司联系

出 版 说 明

　　上海古籍出版社成立六十多年来形成了出版普及读物的优良传统。二十世纪,本社及其前身中华书局上海编辑所策划、历时三十余年陆续出版的《中国古典文学作品选读》与《中国古典文学基本知识》两套丛书各八十种,在当时曾影响深远。不少品种印数达数十万甚至逾百万。不仅今天五六十岁的古典文学研究者回忆起他们的初学历程,会深情地称之为"温馨的乳汁";而且更多的其他行业的人们在涵养气度上,也得其熏陶。然而,人文科学的知识在发展更新,而一个时代又有一个时代的符号系统与表达、接受习惯,因此二十一世纪初,我社又为读者奉献了一套"新世纪文史哲经典读本",是为先前两套丛书在新世纪的继承与更新。

"新世纪文史哲经典读本"凝结了普及读物出版多方面的经验：名家撰作、深入浅出、知识性与可读性并重固然是其基本特点；而文化传统与现代特色的结合，更是她新的关注点。吸纳学界半个世纪以来新的研究成果，从中获得适应新时代读者欣赏习惯的浅切化与社会化的表达；反俗为雅，于易读易懂之中透现出一种高雅的情韵，是其标格所在。

"新世纪文史哲经典读本"在结构形式上又集前述两套丛书之长，或将作者与作品（或原著介绍与选篇解析）乳水交融地结合为一体，或按现在的知识框架与阅读习惯进行章节分类，也有的循原书结构撷取相应内容并作诠解，从而使全局与局部相映相辉，高屋建瓴与积沙成塔相互统一。

"新世纪文史哲经典读本"更是前述两套丛书的拓展与简约。其范围涵盖文学经典、历史经典与哲学经典，希望用最省净的篇幅，抉示中华文化的本质精神。

该套丛书问世以来，已在读者中享有良好的口碑。为了延伸其影响，本社于 2011 年特在其中选取十五种，请相关作者作了修订或增补，重新排版装帧，名之为"中国古代文史经典读本"，以飨读者。出版之后，广受读者的好评，并于2015年被评为"首届向全国推荐中华优秀传统文化普及图书"。受此鼓舞，本社续从其中选取若干种予以改版推出，并得到国家有关部门的支持，多种获得2016年普及类古籍整理图书专项资助。希望改版后的这套书能继续为广大读者喜欢，为弘扬中华优秀传统文化作出贡献。

上海古籍出版社

2017年6月

目　　录

导　言

　　元杂剧自它发展、成熟起，就受到了社会上有识之士的关注，如元罗宗信《中原音韵》序云："世之共称唐诗、宋词、大元乐府，诚哉！"但罗宗信同时又指出："学唐诗者，为其中律也；学宋词者，止依其字数而填之耳；学今之乐府，则不然。儒者每薄之。愚谓：迂阔庸腐之资无能也，非薄之也，必若通儒俊才，乃能造其妙也。"明李卓吾《童心说》也说："诗何必《古》、《选》？文何必秦？降而为六朝，变而为近体，又变而为传奇，变而为院本、为杂剧，为《西厢记》、为《水浒传》……皆古今至文，不可得以时代先后论也。"可惜这一论点，当时没有、也不可能得到普遍认可。真正予以高度评价，使元杂剧的崇高地位得到社会的普遍承认，则当归功于清末民初的一些学者。首先是王国维,他在《宋元戏曲史·自序》起首便掷地有声地说:"凡一代有一代之文学:楚之骚,汉之赋,六代之骈语,唐之诗,宋之词,元之曲,皆所谓一代之文学,而后世莫能继焉者也。"此后,胡适《尝试集·自序》亦云:"文学革命在吾国史上非创见也。即以韵文而论,三百篇变而为骚,一大革命也;又变为五言七言,二大革命也;赋变而为无韵之骈文,古诗变为律诗,三大革命也;诗之变而为词,四大革命也;词之变而为曲,五大革命也。"而在足以代表"文学革命"的硕果、"一代之文学"的元曲作品中,首推被历来誉为"情词之宗"的《西厢记》。

《西厢记》全名《张君瑞待月西厢记》,五本二十一折,题王实甫著。王实甫的生平,存世材料很少,仅从《录鬼簿》知其"名德信,大都人"。约生活于元前期元贞、大德年间,曾出仕,后退隐,成为书会才人。生平不得意,正如他六十岁后所作〔商调·集贤宾〕《退隐》套曲所说,是"志难酬知机的王粲,梦无凭见景的庄周",最终感叹"那红尘黄阁昔年羞","明月清风老致优,对绿水青山依旧。曲肱北牖，舒啸东皋，放眼西楼"。但官场失意，生活坎坷，却使他能致力于创作，从而登上艺术的巅峰。明初戏曲家贾仲明在为《录鬼簿》补写的各家吊词中曾说："风月营密匝匝列旌旗，莺花寨明飙飙排剑戟，翠红乡雄赳赳施谋智。作词章风韵美，士林中等辈伏低。新杂剧，旧传奇，《西厢记》天下夺魁。"可见王《西厢》在明初已受到相当的重视。王实甫著有杂剧十四种，传世除《西厢记》外，尚有《丽春堂》等。所作善写儿女风情，丽句天成，《太和正音谱》评云："如花间美人，铺叙委婉，深得骚人之趣。及有佳句，若玉环之出浴华清，绿珠之采莲洛浦。"周德清《中原音韵》也赞他"对偶、音律、平仄、语句皆妙"。

《西厢记》所描述的崔莺莺与张生的恋爱故事，取材于唐元稹的《莺莺传》传奇。《莺莺传》故事始于张生挑逗、莺莺峻拒，终于两人交好，而张生另娶，莺莺遭到负心郎的抛弃。《莺莺传》中的张生，是元稹自己的写照。元稹集中有《古艳诗二首》、《离思》、《莺莺诗》、《春晓》、《赠双文》、《会真诗三十韵》等，皆追忆双文

(莺莺)所作,其《离思》之"曾经沧海难为水,除却巫山不是云"句,历来为人称道。张生、莺莺恋爱以悲剧结束,本无可深责,但元稹在小说末斥莺莺为尤物,称张生为"善补过者",为自己,为封建道德涂脂抹粉,其主题便不是歌颂男女爱情自由,而是走向了反动,所以鲁迅先生说"篇末文过饰非,遂堕恶趣"。

这样"恶趣"的结局,自然令后人不满。北宋毛滂《调笑令》词便斥张生"薄情年少如飞絮"。赵令畤作有《蝶恋花》鼓子词,以叙事与唱词穿插的形式,叙述崔、张故事,最终云"弃掷前欢俱未忍,岂料盟言,陡顿无凭准",谴责张生的背信弃义。到了金董解元《西厢记诸宫调》(一名《西厢搊弹词》),更从根本上改变了故事的主题。董《西厢》首次把爱情与婚姻提高到同一水平线上来要求,提出婚姻以爱情为基础,青年男女有权追求爱情,并依据自己的主观愿望成就婚姻。所以他将《莺莺传》的根本情节,即"始乱终弃",改变为张生与莺莺相偕出走,以致获得"美满团圆"。结局以喜剧替代悲剧,歌颂了男女双方的叛逆行为,使得人物形象更为鲜明。作者还首次以戏剧性的创造方法，建立了正义与丑恶两大人物阵营，为故事情节中尖锐的矛盾冲突与复杂的斗争作了铺垫。同时，心理活动的描写，场景的渲染，语言的丰富多彩，均为王实甫《西厢记》的成功打下了扎实的基础。

王实甫《西厢记》对董解元《西厢记》又作了很大程度的提高。主要是增补情节，有所取舍改移，使故事情节更为紧凑、合理；其次是以高超的艺术修养，对词句进行加工与再创作，充分吸收古典诗词与方言，使唱词、对白益见精致。正如张凤翼《新刊合并西厢记叙》所赞："其词旨婉丽，则开襟豁绪之傀儡也；音调谐适，则引商激羽之指南也；雅俗兼收，则援古证今之珠肆也；情兴逸宕，则破拘摘挛之斧斤也。"因此，作品一问世，便"天下夺魁"，不少元代名剧是出于对它的借鉴、模仿，典型的如名列"元曲四大家"的郑光祖的《㑇梅香》，套数、出没、宾白及关目全学《西厢》，尤其是"逼试"一段，完全照搬。故清梁廷枏《曲话》说："《㑇梅香》如一本小《西厢》，前后关目、插科打诨，皆一一照本模拟。"他还列举了二十个相同点，认为"不得谓无心之偶合矣"。明代不少作家还对《西厢记》加以改作或续作，如李日华、陆采、崔时佩均作有《南西厢》。一些评论家也对它极力推许，或赞之为"化工"之作，或以为可直继《离骚》，而作者在剧末提出的"愿天下有情的都成了眷属"的美好祝愿，数百年来引起了无数人的赞叹与共鸣。

《西厢记》传世刻本不下百种，其中如明弘治本、徐士范本、王伯良本、凌濛初本等多有注释、评点、考证。而明末清初文学批评家金圣叹的评点本也广为流行。本书所选《西厢记》原文，以明弘治戊午（1498）《新刊奇妙全相注释西厢记》为底本，校以清末《暖红室汇刻传剧》本。全书采用串讲的形式，依原剧故事情节发展作介绍，并穿插以剧中精彩段落作讲评。在编排上，则打破原有分折，重新析为十二回。这样做，是为了向读者提供一种便于理解的读本。至于怎么读《西厢记》，读者肯定会想到《红楼梦》第二十三回宝、黛共读《西厢》的情节；不过金圣叹在他评点的《第六才子书西厢记》"读法"中的建议更为全面。金圣叹首先指出《西厢记》

是"天地妙文",然后说:"《西厢记》必须扫地读之,扫地读之者,不得存一点尘于胸中也。……必须焚香读之,焚香读之者,致其恭敬,以期鬼神之通之也。……必须对雪读之,对雪读之者,资其洁清也。……必须对花读之,对花读之者,助其娟丽也。……必须尽一日一夜之力一气读之,一气读之者,总揽其起尽也。……必须展半月一月之功精切读之,精切读之者,细寻其肤寸也……"当然,究竟怎么读,也尽可自己摸索体会,本书采取的"前后贯串,择其精要"的读法,也是一种尝试。

一、惊　艳

　　故事发生在唐德宗贞元十七年(801),博陵崔相国的遗孀郑氏夫人,偕女崔莺莺与未成年的儿子欢郎,运送丈夫的灵柩返回家乡。途经河中府(一名蒲州,即今山西永济),因当地守将丁文雅失政,部下孙飞虎谋反,领着五千人马,据守河桥,打劫行人,道路不通。河中府有一座名刹,名普救寺,是当年崔相国修造,作为武则天的香火院;寺中长老法本,是崔相国出资剃度的和尚。因此,崔老夫人便将丈夫灵柩暂时寄放普救寺中,借了寺内西厢的一所宅子安顿下来。崔莺莺曾与老夫人的侄子郑尚书之子郑恒订婚,老夫人住下后,即写下书信,请郑恒赶快到河中府来,一起帮助护送灵柩回博陵去。

　　这时正是暮春三月,桃花飘坠如纷纷红雨,柳絮飞
扬似漫天雪花,天气融和,暖风习习,使人分外慵懒、生
闷。莺莺在闺房里做了会儿女红,只觉百无聊赖,心绪
不宁,想到春来春去,花开花落,自己年龄空增,忍不住
对景长叹:

　　〔幺篇〕可正是人值残春蒲郡东,门掩重关
萧寺中①。花落水流红②。闲愁万种,无语怨
东风。(第一本楔子)

① "门掩"句:唐李绅为元稹所作《莺莺歌》中句。重关,一道
　　道门。萧寺,佛寺。
② 红:红色花瓣。

　　是啊,父亲去世给她带来的哀伤还未能淡去,如今
又羁留他乡,遇上兵荒马乱;眼见这一派暮春的残败景
象,怎能不激发起自己对前程、对生活的无尽的伤感呢?
"无语怨东风",又岂是无语,实在是有万种闲愁,抑郁

心头，难以陈说，也无人可以陈说，真是"知音少，弦断有谁听"？

　　能说出的痛苦，不是最难忍受的痛苦；只有这种难以名状、无法宣泄的痛苦，才是剪不断、理还乱，即使能下眉头，却又牢牢占据心头，让你无法摆脱、难以忍受的痛苦。这种滋味，只有个中人才能深切地体会。比如《红楼梦》中多情多愁的林黛玉，始终挣扎在伤感的漩涡中，所以她在读了《西厢记》，又听到《牡丹亭》中杜丽娘伤春所唱的"只为你如花美眷，似水流年"，"你在幽闺自怜"等句后，如醉似痴，想起了"花落水流红，闲愁万种"之句，"凑聚在一处，仔细忖度，不觉心痛神驰，眼中落泪"（《红楼梦》第二十三回）。正是伤心人同此怀抱，才产生如此强烈的共鸣。"花落水流红"，流走的岂止是落花瓣瓣，不正是短瞬的青春年华么？

　　女儿的心思，老夫人已经觉察到。又有哪个母亲不疼爱子女的呢？于是老夫人特地吩咐莺莺的丫环红娘说："你看佛殿上没人烧香，和小姐去散会儿心来。"莺莺当然欣然从命，借以排遣，与红娘出了西厢，往佛殿行去。却没有料到,在佛殿上邂逅张生,惹动了千根情丝,种下了万般爱慕,成就了《西厢记》这一脍炙人口的故事。

　　张生名珙,字君瑞,籍贯西洛。父亲官礼部尚书,不幸早逝,母亲随即身亡。张珙自少刻苦读书,萤窗雪案,悬梁刺股,学成满腹文章,词源如泉涌,诗思似抽丝,可谓"下笔万言,倚马可待"。但时运不济,造化弄人,多次应举,均名落孙山,因此书剑飘零,游学四方。这年又是朝廷开科取士的日子,张生告别家乡,取道山西,往京城长安应考。他有一个同窗好友,姓杜名确,弃文从武,考取武状元,当时官拜征西大将军,喜骑白马,人称"白马将军",领十万大军镇守蒲关。张生便打算顺路先去蒲关探望杜确,然后再上长安。

　　蒲州靠近黄河边的蒲津,正处在黄河的盘曲处,形势雄伟。这天,张生骑着马,风尘仆仆地来到了黄河边,马上被眼前河山的壮丽所吸引,望着滚滚巨涛,激起了胸中万丈豪情。他纵目远眺,禁不住引吭高唱:

〔油葫芦〕九曲风涛何处显^①,只除是此地偏^②。这河带齐梁、分秦晋、隘幽燕^③。雪浪拍长空,天际秋云卷,竹索缆浮桥,水上苍龙偃^④。东西溃九州^⑤,南北串百川^⑥。归舟紧不紧如何见^⑦? 恰便似弩箭乍离弦。

〔天下乐〕只疑是银河落九天^⑧,渊泉、云外悬。入东洋不离此径穿。滋洛阳千种花^⑨,润梁园万顷田^⑩,也曾泛浮槎到日月边^⑪。(第一本第一折)

① 九曲:《河图》:"河水九曲,长九千里,入于渤海。"显:见。

② 只除是:只有。此地偏:偏偏在这里。即此处最能见到。

③ 齐梁秦晋幽燕:指黄河流过的山东、河南、陕西、山西、河北地区。

④ 偃:卧伏。

⑤ 九州:泛指中国。

⑥ 串:本指穿过,此指汇集。

⑦ 紧不紧:即"紧",此作快速解。

⑧ "只疑"句：用李白《望庐山瀑布》："飞流直下三千尺，疑是银河落九天。"

⑨ 洛阳千种花：指牡丹。语本苏辙《司马君实独乐园》："公今归去事农圃，亦种洛阳千本花。"

⑩ 梁园：即兔园，汉梁孝王建，在今河南商丘东，为当时文人聚集之地。此代指中原。

⑪ 浮槎：张华《博物志》载，有人在海边，年年八月有浮槎（木筏）来。一年，他乘上浮槎，到天上，见到牛郎、织女。一说黄河与天河通，汉张骞曾穷河源，游天河。

这两支曲，第一支是即目所见。前数句从大处着眼，勾勒黄河形势，却由眼前生发，说黄河襟带齐梁，中分秦晋，北控幽燕，而九曲风涛，以这蒲津最为壮观。写得气魄宏大，犹如浓缩的"黄河图"，有尺幅千里的效果，隐示了张生的高远志向与雄大抱负。"雪浪"二句是近景，描绘黄河波涛掀天，与长空白云连成一气；水面上的竹缆浮桥，横过河面，如苍龙偃伏。虽是撷取现成景物，却浑成恣肆，令人神往。末二句，写归舟似箭，在大背景中嵌入小舟,增加动感,益显出黄河的水势湍急。构图如米芾水墨画,轻轻渲染,而从小见大,精彩倍出。第二支曲,从想象中落笔,神游景外。首句"只疑是银河落九天",借李白现成句入曲,而变垂直景观为平面景观,加倍写出黄河冲激震荡之势,跌宕壮丽。"入东洋"句拉回眼前,"滋洛阳"、"润梁园"又荡出景外,收束自如。结以浮槎典,密合自己上京赴考、以澄清天下为己任的志向。这样,通过对景物的歌咏,张生俊迈豪爽的英姿也就浮现在人们眼前了。

　　离了蒲津,张生催马入城,找了客店,安顿下来。天色尚早,他向店小二打听到普救寺是当地名刹,南来北往,三教九流,凡经过的人无不前往瞻仰,便往普救寺来。到了寺门,长老法本的弟子法聪接入寺中,陪同他一处处游览。转过了法堂,游了僧房,登了宝塔,进了佛殿。张生刚参拜了菩萨佛祖,忽听有女子低低说话声,随后见莺莺与红娘步入佛殿来。张生蓦然见到莺莺,立即为她的绝世容貌所打动,惊为天仙下凡,禁不住从心底里发出赞美:

〔元和令〕颠不剌的见了万千^①,似这般可喜娘的庞儿罕曾见^②。只教人眼花撩乱口难言,魂灵儿飞在半天。他那里尽人调戏躲着香肩^③。只将花笑拈。(同上)

① 颠不剌:绝顶。又释为轻佻、风流。此指风流。

② 可喜娘:可爱的姑娘。庞儿:脸。

③ 调戏:这里是欣赏、品评的意思。躲:垂。

曲通过比较,先吐露张生的第一印象,说以前所见万千女子,均是庸脂俗粉,从没见到过像莺莺这样美貌的人。浑赞一句,已将爱慕之情,直截度出。接着,张生从己、从对方落笔。云自己蓦见美色,眼花撩乱,有口难言,魂灵儿飞在半天,虽是夸张,不离实情;而写莺莺香肩微躲,是形态美,笑拈花枝,娇羞婀娜,是神态美,"尽人调戏"却是一厢情愿,大胆忖度。寥寥数语,把乍见莺莺时的心理动态,包容一尽。以上是从大处落笔,接着便作细节上的描绘:

〔胜葫芦〕只见他宫样眉儿新月偃①,斜侵入鬓云边。未语人前先腼腆②。樱桃红绽③,玉粳白露④,半晌恰方言⑤。

〔幺篇〕恰便似呖呖莺声花外啭,行一步可人怜⑥。解舞腰肢娇又软,千般袅娜⑦,万般旖旎,似垂柳晚风前⑧。(同上)

① 宫样:宫中流行的式样。

② 腼腆:羞涩。

③ 樱桃:指口。语本白居易《不能忘情吟》:"樱桃樊素口。"

④ 玉粳:喻牙齿整齐洁白。

⑤ 恰方:才。

⑥ 可人怜:使人怜爱。

⑦ 袅娜:与下"旖旎"均喻女子娇弱可爱。

⑧ "似垂柳"句:《南史·张绪传》:张绪美姿容,梁武帝见灵和殿前柳,赏玩咨嗟,叹曰:"此杨柳风流可爱,似张绪当年时。"

　　莺莺与红娘到佛殿散步，是奉老夫人之命，但前提是"佛殿上没人烧香"，两人也没想到佛殿上是否有人，更没料到有像张生这样的陌生男子，所以步入佛殿时，一路上莺莺尚在与红娘攀话，上述两支曲便从张生眼中写两人走进佛殿的过程。宫样眉如月，斜侵入鬓云，写脸的上半部，仍是远见，随笔点染，已见精彩。"未语"句以下，写莺莺与红娘说话，从张嘴露齿到发音吐声，逐一写来，细腻之至。"半晌恰方言"，描绘大户人家女子矜持庄重，体贴入微，也从侧面显出张生急于要听莺莺说什么的心情，徐士范评为"描画神手"。写语音如莺声婉转，是加一倍法，说声音尚且如此动人，容貌自不必说。"行一步"以下，具体写身材、姿态。一般人打量对方，总是从上到下，先头部，后身体，这两支曲即是如此，由容貌、言语神态到步履、体态，章法井然，大量比喻的运用，又恰到好处地烘染了莺莺的娇美。

　　以上所写，只是张生乍见莺莺，过程极短，但作者已运生花妙笔，将莺莺的体貌与张生的痴情表达得淋漓尽致，使人闭眼即能将这"惊艳"一幕在脑海中还原成活生生的场景。而此时,红娘已见张生在场,急忙催莺莺回家。莺莺听了,回顾了张生一眼,飘然而去。眼见美人如惊鸿一现,即刻而逝,出了殿堂,归入西厢,张生无限惆怅,充满失落感。面对着梨花院落,杨柳堆烟,寂无一人,空余下鸟雀喧闹;在他的耳中,仿佛还回荡着莺莺的佩环悦耳的玲琮声;在他的鼻中,似乎还残留着莺莺身上发出的兰麝幽香。恍然回神,又只见东风摇曳着丝丝垂柳,悬挂的游丝飘惹牵缠着片片落花。粉白的高墙似天,隔阻了他的视线。他久久地,久久地回味着方才的一幕,心中难以平静。在这短暂的时间里,最使他难忘,也最令他心摇魄动的是莺莺临走时的那回头一瞥:

〔赚煞〕怎当他临去秋波那一转!休道是小生,便是铁石人也意惹情牵!(同上)

这秋波一转,在莺莺或许是初见张生这等俊俏人物,自然不能不留心几分,而作为相府千金,自小受礼教熏陶，心中根深蒂固的是"非礼莫视"，怎敢正视张生？因而特地在回身离去之时，眼光顺便一掠。但在张生痴心中，自以为自己爱慕莺莺，莺莺岂无爱自己之心？那临去回眸，正是眼波传情，所以更激起他无限遐想。"怎当他临去秋波那一转"，是妙语，是致语，设身处地，细细咀嚼，自然会生出无限曲折，所以为后人所激赏，徐士范评为"是一部《西厢》关窍"。

　　眼睛是心灵的窗户，古人写美女，就特别注重对眼睛的描写，《诗·卫风·硕人》就用"美目盼兮"一语写美人动人的情态。在写男女相爱的文学作品中，"眉目传情"一词不知被重复过多少次，而临去秋波更有它无限的不可抗拒的魅力。南宋孙惟信（号花翁）有一阕《昼锦堂》词，也写"秋波一转"事，可比照参看：

　　　　薄袖禁寒，轻妆媚晚，落梅庭院春妍。映户盈盈回倩，笑整花钿①。柳裁云剪腰支小，凤盘鸦耸髻鬟偏。东风里、香步翠摇②，蓝桥那日因缘③。　　婵娟。流慧眄。浑当了、匆匆密爱深怜。梦过栏杆，犹认冷月秋千。杏梢空闹相思眼，燕翎难系断肠笺。

银屏下,争信有人④,真个病也天天。

① 花钿:女子首饰。

② 翠摇:指步摇,女子首饰,上缀珠翠,走时或遇风则摇动。

③ 蓝桥:唐传奇《裴航》载裴航于蓝桥遇仙女云英。

④ 争信:怎信。

词写一位美女,在春天对着人回眸一笑,在东风中慢慢离去。于是,男子感到那眼光一盼,充满了密爱深怜,从此后,相思缠绕,形之梦寐,触景生情,难以度日。此情此景,与张生见到莺莺秋波一转后,何等相似!

自《西厢》流行,"临去秋波"已成熟语,清初文学家、戏曲家尤侗从此发挥,作有《临去秋波那一转》八股文,揣摸推测,正说反说,成为千古妙文,今一并移录于此,以供赏鉴:

想双文之目成,情以转而通焉。

盖秋波非能转,情转之也。然则双文虽去,其犹有未去者存哉!

张生若曰：世之好色者吾知之，来相怜去相捐也。此无他，情动而来，情尽而去耳。钟情者正于将尽之时，露其微动之色，故足致人思焉。有如双文者乎！

最可念者，啭莺声于花外，半晌方言，而今余音歇矣，乃口不能传者，目若传之。

更可恋者，衬玉趾于残红，一步渐远，而今香尘灭矣，乃足不能停者，目若停之。

唯见溁溁者秋波也，脉脉者秋波也，乍离乍合者，秋波之一转也。吾向未之见也，不意于临去遇之。

吾不知未去之前，秋波何属，或者垂眺于庭轩，纵观于花柳，不过良辰美景，偶尔相遭耳。独是庭轩已隔，花柳方移，而婉兮清扬，忽徘徊其如送者，奚为乎？所云含睇宜笑，转正有转于笑之中者，虽使靓修眄于觌面①，不若此际之销魂矣。

吾不知既去之后，秋波何往，意者凝眸于深院，掩泪于珠帘，不过怨粉愁香，凄其独对耳②。惟是深院将归，珠帘半闭，而嫣然美盼，似恍惚其欲接者，奚为乎？所云眇眇愁予③，转正有转于愁之中者，虽使开羞目于灯前，不若此时之心荡矣。

此一转也，以为无情耶？转之不能忘情可知也。以为有情耶？转之不为情滞又可知也。人见为秋波转，而不见彼之心思有与为转者，吾即欲流睐相迎，其如一转之不易受何！

此一转也，以为情多耶？吾惜其止此一转也。以为情少耶？吾又恨其余此一转也。彼知为秋波一转，而不知吾之魂梦有与为千万转者，吾即欲闭目不窥，其如一转之不可却何！

噫嘻！招楚客于三年④，似曾相识；倾汉宫于一顾⑤，无可奈何。有双文之秋波一转，宜小生之眼花撩乱也哉！折老僧四壁画《西厢》⑥，而悟禅恰在个中，盖一转者情惮也。参学人试于此下一转语！

① 修眸：指眼睛。
② 凄其：凄凉。

③ 眇眇愁予：屈原《九歌·湘夫人》："目眇眇兮愁予。"眇眇，
　远视。

④ "招楚客"句：宋玉《登徒子好色赋》言邻女窥探他三年之久。

⑤ "倾汉宫"句：用汉李延年歌"北方有佳人，绝世而独立，一
　顾倾人城，再顾倾人国"句。

⑥ 折老僧：明代高僧。

　　传说这篇游戏文章曾受到皇帝的赞赏（见《西堂杂
俎》卷首《弘觉国师语录》），可见《西厢记》感人至深；
读罢此文，再回头品味张生此时复杂的心情，感受必将
加深不少。

　　在今天的读者看来，张生一见到莺莺，便全身心地
投入，表现出超理智的爱欲，似乎远离生活的真实，只是
演戏的需要。同样为人熟悉的《红楼梦》中宝、黛的爱
情，作者先构设了夙世情缘，然后让两人亲密接触，逐渐
产生情感，这样的处理方法，似乎更为人们所接受。但
细细琢磨，张生的表现，未必不在情理之中。爱的产生，
首先在于互相之间的吸引。旧时男女青年没有恋爱的

自由,名门贵族的千金小姐,毫无机会与异性接触,同样,倜傥超群的男子,也无缘直接见到合乎自己理想,即才貌双全的爱人。所以张生见到莺莺,马上被她的外貌、风韵与气质所吸引,莺莺的形象与自己日常所追求所向往的女子的形象重叠在一起了,因而他第一步的反应便是"颠不剌的见了万千,似这般可喜娘的庞儿罕曾见",叹为水月观音现,爱慕之情,如决堤之水,冲激而出,不可阻挡。这样的"一见钟情",发生在具有真情的张生身上,应该是很自然的事。

美人远去,芳踪难觅,此时此刻,张生除了徒唤奈何以外,还能怎样? 就这么放弃了,留作日后的追忆么?不,张生没有这样做。他既从自己的一厢情愿出发,以为莺莺对自己同样有心有情,因此马上作出了决定:"小生便不往京师去应举也罢。"要想进一步接近莺莺,寻找与她交流的机会,唯一的办法是留下来,住在莺莺附近,张生的第二个决定是向法聪借间僧房,搬进普救寺内。就这样,张生把平时孜孜追求的功名搁到了一边,在追求美满婚姻的道路上迈开了决定性的一步。

二、酬　韵

　　第二天,张生把行李搬到了普救寺,特地向长老法本借了间紧靠西厢的僧房住了下来。他绞尽脑汁,想要再见莺莺一面,或能找个机会,让人传达自己对莺莺的情意。皇天不负苦心人,他正在方丈内与法本闲聊时,机会悄然降临:老夫人派红娘到方丈,与法本约定二月十五日为去世的丈夫做佛事。红娘应命,来到方丈传达老夫人的意思,与张生撞个正着。

　　元杂剧对人物出场最为注重,《西厢记》写每位重要人物出场亮相,都用重笔浓墨,全力勾染。前此,张生、莺莺出场时,作者都作了入木三分的描绘,使人如闻似见。作为全剧关键人物的红娘,在这里虽然不是首次登场,由于前一折她是陪伴莺莺出场,是作为配角,剧本不能花大力气渲染,以致喧宾夺主、主次不分,所以在这一折中,作者别运妙笔,补叙一番。在措笔时,仍通过旁人,即张生的眼中来展现,这种写法,是戏曲吸收古代小赋及乐府诗的表现方法的体现。剧中这样写红娘:

〔脱布衫〕大人家举止端详①,全没那半点儿轻狂。大师行深深拜了②,启朱唇语言的当。

〔小梁州〕可喜娘的庞儿浅淡妆,穿一套缟素衣裳③。胡伶渌老不寻常④,偷晴望,眼挫里抹张郎⑤。

〔幺篇〕若共他多情的小姐同鸳帐,怎舍得他叠被铺床。我将小姐央⑥,夫人央,他不令许放,我亲自写与从良⑦。(第一本第二折)

① 举止端详:举动端庄大方。
② 行:放人称后表示"这边"、"那边"、"前面"等意思。

③ 缟素：白色。

④ 胡伶：又作"鹘鸰"，机灵的样子。渌老：也作"睩老"，
　　眼睛。

⑤ 眼挫：眼角。　　抹：斜看。

⑥ 央：央求。

⑦ 从良：出嫁给平民或恢复平民身份。

　　三支曲，分写记事、品评、赞叹。红娘到来是问长老
做佛事一事，所以先写她与长老攀话。"大人家举止端
详"一语，把红娘的教养、身份和盘托出，如同总评，以
显得她与寻常所见丫环不同，同时又为后来红娘的泼
辣、机敏埋下伏笔，以反衬红娘心中之热。次曲，作者采
用了与写莺莺截然不同的方法，不从容貌体态上着笔，
只说红娘"浅淡妆"、"缟素衣裳"，落笔精细，以见得红
娘因崔相国丧期未满，仍服丧服；而素淡妆又衬出了红
娘的可人，从红娘的素淡妆又自然使人联想到昨天莺莺
的服饰，这就是评论家所说的"一石两鸟"法。写红娘
打量张生，用"偷睛望，眼挫里抹张郎"，本是因为红娘

讲话时因张生在场,不经意地看了他一眼,张生便又自作多情,从而引出第三支曲中的赞叹。

《西厢记》不肯用一闲笔,这里以空灵之笔写红娘,实际上是为写莺莺作衬。丫环已是如此,小姐又当何如?写红娘看张生,实为张生看红娘;张生说舍不得红娘叠被铺床,全从爱莺莺而起。文思缜密,令人击节,正如金圣叹评说:"文之灵幻,全是一片神工鬼斧,从天心月窟雕镂出来。"

听罢红娘与法本的话,张生知道机会来了,他灵机一动,马上提出自己也拿出五千钱,请法本带一分斋,追荐父母;又借机与红娘攀话。在这里,剧本中张生对红娘有一段绝妙的自我介绍:

　　小生姓张,名珙,字君瑞,本贯西洛人也。年方二十三岁,正月十七日子时建生[①],并不曾娶妻。(同上)

————

① 子时:午夜,晚 11 时至次日 1 时。

　　向对方介绍自己，一般只应报上姓名籍贯，最多加上阀阅以自矜。张生对着红娘这样一个女儿家，不但报上年龄，又精确到生辰八字，还在末尾缀上"不曾娶妻"一句，真是匪夷所思，简直像是在提亲，而说的又像不是自己，活显出一派迂腐酸傻。殊不知这正是张生聪明乖巧处。试想，张生要接近莺莺，作自我介绍，奈高墙阻隔，相府人家礼法森严，女子不出闺门，内外没有一个男子出入，能与外界维系的只有一个红娘。如果张生不卖颠装傻，依常例作自我介绍，红娘势必如秋风过耳，不放心上；唯有说此等超越常规的傻话，方能引起红娘的注意与好奇，才有可能把自己的情况传达给莺莺知道。再说，他说这番话的目的，也正含有提亲的意思。

　　果然，张生的计谋没有落空。在张生继续询问莺莺情况被红娘正色训斥一顿后，张生悒怏而退，红娘返回西厢，交代了做佛事落实情况后，眉飞色舞地向莺莺谈起了张生，把张生的话一字不差地复述给莺莺听了一遍，并夸口说自己把这等傻角抢白了一场。心地玲珑的莺莺岂不明白张生的用意？但她又不便告诉红娘，只是特意吩咐红娘"休对夫人说"。淡淡一语,佛殿相见后的心思已略露圭角,在莺莺心中,爱情的种子也已经悄悄地发芽了。

张生搬进寺中后,离群索居,虽然带着无限的憧憬与激切的期望,但寺庙中的清静凄凉,在他相思难寐之时,更难以承受,无法排遣。剧中张生唱有这么两支曲:

〔二煞〕院宇深,枕簟凉①,一灯孤影摇书幌②。纵然酬得今生志,着甚支吾此夜长③?睡不着如翻掌,少可有一万声长吁短叹④,五千遍捣枕捶床。

〔尾〕娇羞花解语⑤,温柔玉有香⑥。我和他乍相逢,记不真娇模样,我则索手抵着牙儿慢慢的想⑦。(第一本第二折)

① 簟:竹席。
② 书幌:指书房悬挂的帷幕。

③ 着甚支吾：用什么来打发。

④ 少可：少说，至少。

⑤ 花解语：王仁裕《开元天宝遗事·解语花》："明皇秋八月，
太液池有千叶白莲数枝盛开，帝与贵戚宴赏焉。左右皆叹
羡久之。帝指贵妃示左右曰：'争如我解语花？'"

⑥ 玉有香：《杜阳杂编》载，唐肃宗赐李辅国香玉辟邪，香可
闻数百步。或以衣裙误拂，芬馥终年，洗濯不去。

⑦ 则索：只能，只得。

　　第一支曲描摹幽深凄清的环境。长夜漫漫，院落深
沉，枕席生凉，一盏孤灯，残焰摇晃，伴随着他独自一人，
睡在床上，翻来覆去，长吁短叹，在口里心里念叨着莺
莺。"如翻掌"、"一万声长吁短叹，五千遍捣枕捶床"，
以通俗生动的比喻，辅以恰到好处的夸张，形象地展示
了张生心绪不宁、焦躁不安的状况。次曲承上，点出所
思之人，此解语花、香玉比莺莺的娇羞、温柔，用语凝炼，
曹雪芹《红楼梦》第十九回回目"情切切良宵花解语，意
绵绵静日玉生香"即据此组织。"记不真娇模样"，是思

之深、念之切后的朦浑语。佛殿邂逅一面,莺莺已被深深印入张生脑海里,其曼妙的形象也被张生时时供养在心中,抹不掉,涂不了,睁眼深思,闭目如见。但正因为反复思想,不断映现,是耶非耶,忽真忽假,疑自心生,反而无法确定。这样的神到之词,非过来人难以道出。更妙的是,两支曲所写,并非实事,而是张生告别法本回去时的揣摸之词,通过凭空架构,化实为虚,虚中见实,更加显出了张生相思的刻骨镂心。这儿写的,还是预想未来,当夜,张生另有奇遇:他从和尚口中打听到莺莺每夜都在花园中烧香,因此,天一黑,便急急出房,躲在太湖石畔墙角边,站在高处往花园中窥视。

　　明代的香奁体诗人王彦泓(次回)有一首著名的咏月夜美人诗《寒词》云:"从来国色玉光寒,昼视常疑月下看。况复此宵兼雪月,白衣裳凭赤阑干。"诗用冷色调,通过对比、衬托,在一派淡雅清逈的气氛中浮现所描绘的美人形象,为后人所称道。王彦泓捕捉住的是月下美人的一个特写,犹如一幅画图,是静止的,在《西厢记》中,张生月下所窥的莺莺是活生生的,令人更为感心娱目,叹赏不止。

剧本首先展示的是夜深人静,月朗风轻,张生忐忑不安地悄悄去墙角等候莺莺出来的情景:

〔斗鹌鹑〕玉宇无尘①,银河泻影。月色横空,花阴满庭。罗袂生寒②,芳心自警。侧着耳朵儿听,蹑着脚步儿行。悄悄冥冥,潜潜等等③。(第一本第三折)

① 玉宇:天空。

② 罗袂:衣服。袂,衣袖。

③ "悄悄"二句:形容张生悄悄倾听,时走时停。冥冥,不露形。潜潜,暗暗地。等等,走走停停。

这支曲是第三折开场头一支曲。与诗歌强调开头要好一样,戏曲每一折的开场曲也很讲究,元乔吉提出"凤头"说,即起要简洁美妙,引人入胜;清刘熙载《艺概》则说"始要含蓄有度"。这支曲正写得俊利清新,涵蕴无限。曲先从天上起笔,万里晴空,一碧如洗,银河横亘,如匹练泻空,月色皓洁,似水清凉。正是这样的夜色,浸润着张生无限的祈盼。然后,曲由地上的花阴满庭,反衬月光的皎洁。"满"字是句中着力处,只有在明亮的月光下,才能见到满地的花阴,才能显示花阴的深浓。以下,写张生冒着夜间的寒气,小心翼翼地前往墙角。"潜潜等等"四字,照应"侧着耳朵儿听,蹑着脚步儿行",光景如画。如果结合舞台上伴着唱词所做的一系列动作,张生的心理动态,更使人心领神会;而仅读曲,也足以使人眼前呈现一幅月夜潜行图,以无声无息的背景,衬出躲躲藏藏的人物,给人以身临其境的感觉,真是画笔难到。

张生在墙角望穿秋水,终于盼到莺莺与红娘出现了。红娘开了花园的角门,把香桌移到太湖石畔放下,取香来点上。张生使劲睁大了双眼望去,只见月光中,莺莺体态轻盈,缓缓地穿过园中的小径,长袖低垂,罗裙拂地,他禁不住从心中发出赞叹:

　　〔调笑令〕我这里甫能、见娉婷①，比着那月殿嫦娥也不恁般撑②。遮遮掩掩穿芳径，料应来小脚儿难行。可喜娘的脸儿百媚生③，兀的不引了人魂灵④。(同上)

① 甫能：才能，好容易。娉婷：美好貌。这里代指莺莺。
② 恁般：这般，这样。撑：撑达，即美的意思。
③ 百媚生：动人处很多。白居易《长恨歌》：“回头一笑百媚生。”
④ 兀的不：怎不。

　　我们注意到，剧中写张生见莺莺已是第二次。第一次是佛殿上远远见到，略写脸面身姿。这一次是隔墙于月下窥见，月色虽明，仍无法见得真切，所以仍是笼统地称赞，以月下嫦娥总摄。因为是月夜，莺莺又在孝期，穿着素服，与月色浑朦，飘飘有出尘之态，所以曲便借嫦娥来形容，简便之至；再写她穿过花径时的形态，以与嫦娥照应；至于写脸，因不真切，则以“百媚生”概括。这样写人物，重而不重，犯而不犯，是全剧笔墨得力处。

　　莺莺来到假山边香案前,令红娘取过香,虔诚地点上。月下敬香,是后来明清戏曲小说中的俗套,人们早已耳熟能详了。且看这些作品的祖本《西厢记》中莺莺敬香祝告时的一段对白,剧中的"旦"即扮旦角的莺莺,"红"即红娘:

　　(旦云)此一炷香,愿化去先人①,早生天界。此一炷香,愿堂中老母,身安无事。此一炷香……(做不语科②)(红云)姐姐不祝这一炷香③,我替姐姐祝告:愿俺姐姐早寻一个姐夫,拖带红娘咱。(旦再拜云)心中无限伤心事,尽在深深两拜中。(同上)

① 化去:死去。
② 科:元剧中术语,即动作。
③ 姐姐:元剧中丫环对主人家小姐的称呼。

　　第一、第二炷香,分祝父母,是人之常情。第三炷香,为自己祈福,也在情理之中。青春少女,怀春思嫁,

愿终身有个美好的归宿,如旁无一人,自可直言,但红娘
在边上,终难启口。因此剧中让莺莺吞吞吐吐、欲语还
休,以见女孩儿娇羞矜持,也暗示平时家中礼防的严密;
红娘代祝,觑破莺莺心思,所以莺莺并不责备否认。这
样一折,得文章波澜回旋之妙。第三炷香的祝词虽出自
红娘之口,在张生听来,与莺莺亲口说并无二致,从此深
知莺莺是怀春少女,爱心萌动,这就为自己以后大胆攀
诱找到了进阶;在红娘这边,因了代祝未遭反对,进一步
了解了莺莺,所以日后敢于大胆为张生传情引线;更主
要的是,通过这一幕,莺莺追求爱情的一颗炽热的心,在
人们面前公然敞开了。

　　张生自然懂得对爱情的追求要用水磨工夫,渐进慢
求,水到渠成;同时也要善于抓住机会,趁热打铁。他听
了莺莺最后所说,知道时不可失,灵机一动,长身而起,
高吟一诗,投石问路,看莺莺怎么反应。诗云:

　　月色溶溶夜[①],花阴寂寂春。

　　如何临皓魄[②],不见月中人。(同上)

① 溶溶：宽广貌。
② 皓魄：指月亮。

诗说自己在月夜无限寂寞，只能对着一轮明月，却不见月中嫦娥。"不见月中人"，意思不是不见，而是有意抱憾不能面对心上人倾诉衷肠，是借诗句对莺莺进行试探。

红娘听见吟诗声，马上辨出是张生，便对莺莺说吟诗人正是日前所说的"那二十三岁不曾娶妻的傻角"。莺莺听了，心中一动，禁不住回想到佛殿见面一幕，张生的俊俏风流，浮上眼前，如今又见张生诗句清新，按捺不住心中的爱慕，忍不住和诗一首，吐音长吟：

空闺久寂寞，无事度芳春。
料得行吟者，应怜长叹人。（同上）

诗意说，你寂寞，我在这春意撩人的季节，独处空闺，已忍受了太多的寂寞，想来我的心意，我的处境，你应该理解,应该同情。在诗中,莺莺把自己压抑已久的思春情怀与对张生的好感,和盘托出,坦露无遗。

张生听到莺莺的和诗,品出诗中涵有的情意,欣喜欲狂,连忙隔墙现身而出,要与莺莺攀话。在莺莺,她既已吟诗,敞开心扉,便不打算避开张生。但红娘却身负照管小姐的重责。老夫人治家严肃,有冰霜之操。前几天,莺莺曾因私下走出闺房,被老夫人看到,就被狠狠训斥了一顿。因此红娘一见张生在墙头探出身子,首先的反应是怕老夫人知道,获罪不小,忙不迭地将莺莺拉出花园。莺莺虽然心有不舍,也只能回顾张生一眼,随红娘离去。顿时,夜色中只剩下了张生一人,惆怅无限。剧中这样写张生当时的行为感觉:

〔幺篇〕我忽听、一声、猛惊,元来是扑剌剌宿鸟飞腾[1]。颤巍巍花梢弄影,乱纷纷落红满径。

〔络丝娘〕空撇下碧澄澄苍苔露冷,明皎皎花筛月影。白日凄凉枉耽病[2],今夜把相思再整。(同上)

① 扑剌剌：象声词，状鸟扑腾翅膀声。

② 耽病：害病。

　　莺莺走了，张生再次如同在佛殿相遇时一样，久久地望着她的去路，沉浸在方才的情景中。忽然，一声响把他从沉思中拉回，使他吃了一惊，一看，原来是一只栖息在树上的鸟儿飞起，使得花枝颤动，飘下了阵阵花瓣。这情景，全是动态，却以动、以声响反衬了静，写出了夜的凄幽，把景物与张生的出神落魄之态紧紧融合在一起。"空撇下"三字传神，点出张生从遐思中回到现实，从而由人的寂寞转写景的寂寞。在这时，张生才忽然意识到只剩下自己一人，在月夜中，只见月光照着青绿的苔藓，露水已悄悄凝结，生出无限凉意；那明亮的月光投向花枝，在地上透着斑斑驳驳的影子。"明皎皎花筛月影"，"筛"字下得十分妥帖，状景如画，使人不由得想起苏轼的著名散文《记承天寺夜游》："庭下如积水空明，水中藻荇交横，盖竹柏影也。"两者写月光均灵幻之至。而同样写月，张生前面刚到花园边时，月色明朗净洁，衬托出张生的满怀希望;此时的月色幽阒孤峭,又衬托了张生人去景在、怅然若失的凄凉。王夫之《姜斋诗话》说"一切景语皆是情语",即针对这类描写手法而发。最终,对着凄清晚风、萧瑟夜景,张生只能感叹:白天已经倍感难受,今晚只能更深地陷入相思的煎熬中了。"把相思再整",颇耐咀嚼。在此以前的相思,是张生初见美人,情由心生,由追求佳偶产生的思念;如今的相思,是知道莺莺心中也有自己,追求莺莺已不是梦想,惟盼好事速成,是对未来充满希望又焦急难安,其滋味与前大不相同,所以必须"再整"。

此外,《西厢记》用韵处挥洒自如、浑似生成,成为后世戏曲作品的典范。元周德清《中原音韵》在谈到乐府(指曲)之难时,特地指出曲比诗词用韵更为细密,极难完美,甚至有一句三韵的,非行家难办。他举上引〔幺篇〕曲中"忽听、一声、猛惊"与后写听琴曲中"本宫、始终、不同"为佳构样板,说"韵脚均用平声,若杂一上声,便属第二着"。这样用韵,在曲中称"短柱",措手不易,元虞集为炫才情,曾作过一首短柱体的散曲〔折桂

令],均两字一韵,受到人们普遍赞扬,在此不妨一引,以见制曲之难:

> 鸾舆三顾茅庐[1]。汉祚难扶[2],日暮桑榆[3]。深渡南泸长驰西蜀,力拒东吴。美乎周瑜妙术[4],悲夫关羽云殂[5]。天数盈虚[6],造物乘除[7],问汝何如?早赋归欤。

[1] 三顾茅庐:指刘备三次去诸葛亮家,请他出山。

[2] 汉祚:汉朝国运。

[3] 桑榆:传说中太阳落山处。此指汉朝已近没落。

[4] 周瑜:吴大将。

[5] 关羽:蜀大将。

[6] 盈虚:满与空。

[7] 乘除:消长。

曲写诸葛亮一生行事,构筑确实十分巧妙,不过仍只能算文字游戏。成功的作家擅长以熟练的技巧为剧情设计与人物性格描写服务,王实甫可谓真正做到了这一点。

　　月夜窥美、隔墙和诗这一情节，在《西厢记》原型元稹《莺莺传》中本无，创自董解元《西厢记诸宫调》，是全剧的关目所在。张生盼望再见莺莺，已安排了二月十五做佛事的情节。但如果剧本直接接叙做佛事，便少波折，直白无趣，所以作者匠心独运，又加入这一节，让张生与莺莺在月下先见一面。在写时，又让他们见面犹如未见，仅通过酬韵，略述衷肠，留下无限遗憾，从而把张生的相思从质量上再推进一步，这就是评家常说的"加一倍写法"。两心相许，至此已成定论，日后变生不测，遭受坎坷，就益显波澜。这一结撰，正如金圣叹评所说："上文'借厢'一章，凡张生所欲说者，皆已说尽。下文'闹斋'一章，凡张生所未说者，至此后方才得说。今忽将于如是中间写隔墙酬韵，亦必欲洋洋自为一章，斯其笔拳墨渴，真乃虽有巧媳不可以无米煮粥者也。忽然想到张、莺联诗，是夜则为何二人悉在月露下？因凭空造出每夜烧香一段事，而于看烧香上生情布景，别出异样花样。粗心人不解此苦，读之只谓又是一通好曲，殊不知一字一句,都从一黍米中剥出来也。"

又站了许久,只听竹梢风摆,斗柄云横,张生拖着沉重的步子,往自己住的僧房而去。戏曲由于受场景的限制,常常把实事虚化。接下来,剧情应演张生如何把"相思再整",但因无法变换布景,也不能为此单创一折,作者便在张生怏怏回房的路上,又安排了两支曲,把夜间应有的相思直接叙述出来,补足前文:

〔拙鲁速〕对着盏碧荧荧短檠灯①,倚着扇冷清清旧帏屏。灯儿又不明,梦儿又不成。窗儿外淅零零的风儿透疏棂②,忒楞楞的纸条儿鸣。枕头儿上孤零,被窝儿里寂静。你便是铁石人,铁石人也动情。

〔幺篇〕怨不能,恨不成,坐不安,睡不宁。有一日柳遮花映,雾帐云屏,夜阑人静,海誓山盟。恁时节风流嘉庆,锦片也似前程③,美满恩情,咱两个画堂春自生④。(同上)

① 短檠：低矮的灯架。

② 棂：窗格子。

③ 前程：此指婚姻。

④ 画堂：此指华丽的洞房。

　　张生在这里表现的相思，与前引第二折煞尾两曲不
同。曲虽然仍写孤灯明灭，房帷冷清，冷风透窗，寂寞难
寐，但更多地抒发对团聚和合的盼望及对未来美满姻缘
的预想，更多地表现坐卧不宁、心烦意乱的状况。"怨
不能"四句，活生生地画出受相思煎熬中人的种种不
堪，读来摇魂动魄。

三、目　成

　　二月十五日,是为莺莺父亲做佛事的日子,天一黑,和尚们都聚集在大殿里,整座庙宇,香烟缭绕,彩旗飘飘。法鼓金铎,如春雷骤起,响彻殿角;钟声佛号,悠悠扬扬,传闻九天。张生应邀早早到了佛殿,依长老指示,先拈了香,为自己亡故的父母祈福,然后退在一边。不一会,老夫人带着莺莺等来到了殿上。这次,张生是第一回与莺莺正面相对,他又一次发出赞叹:

　　〔雁儿落〕我则道这玉天仙离了碧霄,元来是可意种来清醮①。小子多愁多病身,怎当他倾国倾城貌②。

〔得胜令〕恰便似檀口点樱桃③，粉鼻儿倚琼瑶④。淡白梨花面，轻盈杨柳腰⑤。妖娆，满面儿扑堆着俏⑥。苗条，一团儿衠是娇⑦。（第一本第四折）

① 元来：同"原来"。可意种：称心如意的人。清醮：请僧道为免除灾祸、祈求福祥所做的法事。

② 倾国倾城：绝色美人。《汉书·外戚传》载李延年歌："北方有佳人，绝世而独立。一顾倾人城，再顾倾人国。"

③ 檀口：红艳的嘴唇。

④ 琼瑶：洁白的玉。

⑤ 杨柳腰：形容腰细弱多姿。白居易《不能忘情吟》："樱桃樊素口，杨柳小蛮腰。"

⑥ 扑堆着：呈现着，充满着。

⑦ 衠：纯粹。

试想一下，张生到此时已经是第三次见到莺莺，如不正面写莺莺的美貌，就表现不出张生对莺莺的爱慕；

如再写莺莺的美貌，却与前两次所写难免重复，下笔真
是千难万难。但是作者悟得同一个题目文章有不同的
作法，因而第一次是瞥见、远见，便用浑写；第二次是月
下遥见，便以写体态为主；这一次是面对面相见，便作全
方位的工笔细描，真可谓佳词丽句，一回拈出一回新。
这两支曲，仍以总赞领起。"玉天仙"为"可意种"，见得
前此"酬韵"一节，张生已经满心满意，认为自己与莺莺
已有诗为证，两心相通，不必再费疑猜，所以反而倒跌一
句，说自己配不上莺莺的"倾国倾城貌"。看似自谦，实
是自矜，在他心中，已视莺莺为自己夺之不走、取之如寄
的爱人。因此"小子"两句也成为恋人间传达情思的常
用语，《红楼梦》中贾宝玉便曾用以表达自己对黛玉的
爱与追求。第二支曲，便细写"倾国倾城貌"，口、鼻、
面、腰、神态、姿色，面面俱到，构成一幅活生生的美人
图。"淡白"二句，以近体诗格写曲，用"梨花面"对"杨
柳腰"，工稳清丽，是王实甫遣词长处，也是《西厢记》曲
词的特色之一。

　　《西厢记》笔调，许多评论家都认为与关汉卿戏曲

截然不同,然而奇怪的是,历史上对《西厢记》又存在王实甫、关汉卿合作一说,或认为是王实甫作,关汉卿续(续第五本,即"张君瑞庆团圞")。实际上,细细品味,二人作品的风格相差很大,二人合作的可能性微乎其微。王实甫《西厢记》是以董解元《西厢记诸宫调》为蓝本创作改编的,在关汉卿的散曲中也保存有改编之作〔中吕·普天乐〕《崔张十六事》曲(见《乐府群珠》卷四),其中咏做佛事一曲《随分好事》云:

> 梵王宫月轮高,枯木堂香烟罩①。法聪来报,好事通宵。似神仙离碧霄,可意种来清醮,猛见了倾国倾城貌。将一个发慈悲的脸儿朦着,葫芦啼到晓②。酩子里家去③,只落得两下里获铎④。

① 枯木堂:和尚参禅打坐之地。《禅林僧宝传》言学禅者"至堂中有不卧,兀然枯株者,天下谓之枯木众"。

② 葫芦啼:同"葫芦提",糊涂。

③ 酩子里:暗地里。

④ 获铎:即"镬铎",热闹之意。

关曲虽然咏的是做佛事的全过程，不便铺叙，但与上述引王实甫曲相比较，风格区别还是十分明显的。

与张生一样，满廊僧人与观看佛事的人也深深为莺莺闭月羞花般的容貌所吸引倾倒，在闹闹攘攘中过了一宵。张生虽然无时无刻不想接近莺莺，目光不离莺莺半寸，对莺莺的一举一动都收眼底，但是在众目睽睽下，老夫人又在旁守着，他不敢稍有孟浪唐突，只有当莺莺朝他注目时，从心里产生一丝满足与欣慰，颇有"独与余兮目成"的感觉。在这样的场合，莺莺也只能不时地向张生偷眼相看，感叹张生倜傥超群、丰神俊美，对张生的好感又增添了不少，在她心中，朦胧的爱意激荡着，迅速转化，定格在张生身上。"易得无价宝，难求有心郎"，眼前的张生，不正是自己幻想中追寻的终身伴侣吗？

自从做佛事后，张生又缠绵在无穷无尽的相思之中。莺莺呢，也整天心神不宁。想到父母已把自己许给了郑恒，虽然是门当户对，但郑恒人物猥琐，纨袴气浓，这样的人岂能终身相对呢？而眼前所见的张生，人物出群，才富八斗，才是自己梦寐以求的佳偶，可是咫尺天

涯,身不由已,又怎能遂心如愿呢? 她展转反侧,念兹在
兹。暮春的暖风吹进了闺房,那令人疲乏的空气,使她
分外惆怅,整天神魂荡漾,茶饭少进,烦恼不已。元徐再
思有一首〔蟾宫曲〕《春情》恰可为她写照:

> 平生不会相思,才会相思,便害相思。身似浮
> 云,心如飞絮,气若游丝①。空一缕余香在此,盼千
> 金游子何之? 证候来时②,正是何时? 灯半昏时,
> 月半明时。

① 游丝:指昆虫吐出的丝飘荡在空中。
② 证候:疾病的症状。元曲中多指相思。

曲中的女子,所思游历在外,尚且如此恍惚,如此难挨,
更何况莺莺所思就在目前,而无法一通款曲呢? 因此,
莺莺伤心如碎,瞻前顾后,低徊长叹:

> 〔八声甘州〕恹恹瘦损①,早是伤神,那值
> 残春②。罗衣宽褪③,能消几度黄昏? 风袅篆

烟不卷帘④，雨打梨花深闭门⑤。无语凭阑干，
目断行云⑥。

　　〔混江龙〕落红成阵⑦，风飘万点正愁人⑧。
池塘梦晓⑨，阑槛辞春。蝶粉轻沾飞絮雪⑩，燕
泥香惹落花尘⑪。系春心情短柳丝长，隔花阴
人远天涯近⑫。香销了六朝金粉，清减了三楚
精神⑬。（第二本第一折）

① 恹恹：形容病态或精神萎靡不振。

② 那（nuó）值：怎奈遇上。

③ 罗衣宽褪：谓身体消瘦，原来穿的衣服变得宽大下垂。

④ 篆烟：盘香的烟如篆文一般曲折，故称。

⑤ "雨打"句：李重元《忆王孙》词句，又见秦观《鹧鸪天》词。

⑥ 目断：尽力远望，直到看不见。

⑦ 落红成阵：出秦观《水龙吟》词"斜阳院落红成阵"，谓落花
　　缤纷。

⑧ "风飘"句：出杜甫《曲江二首》诗。万点，指花瓣。

⑨ 池塘梦晓：南朝宋谢灵运曾梦谢惠连，觉而有"池塘生春

草"名句。此以云春天似梦般逝去。

⑩ 飞絮雪:《世说新语·言语》载,谢安与子侄辈赏雪,谢安
　问:"白雪纷纷何所似?"侄云"撒盐空中差可拟",侄女谢道
　韫曰:"未若柳絮因风起。"此借雪比柳絮。

⑪ 燕泥:燕子垒巢所衔之泥。李清照《浣溪沙》:"落花都上
　燕巢泥。"

⑫ 人远天涯近:朱淑真《生查子》词句。

⑬ "香销"二句:谓因相思无心妆扮,精神清减。六朝,建都
　于南京的吴、东晋、宋、齐、梁、陈。金粉,妇女化妆用的脂
　粉,也常喻美女。三楚,战国时楚分西、东、南三部分,合称
　三楚。

　　曲从自身说起。为了相思,为了爱情,已经付出了
很多很多;人瘦了,神伤心碎,在这落花残春时节,怎么
度过? 篆烟袅袅,雨打梨花,这两般儿助人凄切,有多少
心事,只能默默地倚靠着栏干,痴痴地望着云儿飘去,有
谁能够陈说呢? 这境界,很容易使人想起李清照的《念
奴娇》词"萧条庭院,又斜风细雨,重门须闭。宠柳娇花
寒食近,种种恼人天气",及《声声慢》词"寻寻觅觅,冷

冷清清,凄凄惨惨戚戚。乍暖还寒时候,最难将息"等名句,都是以景以气候寄情,把闺中愁苦,无限柔肠,与所处环境相结合,给人以寂寞幽深的感觉,抒发自己惆怅自怜的感慨。"无语倚阑干,目断行云",写得愁苦之极。中国古代诗词常用"倚栏"来表达人物心情的悒郁,如温庭筠《更漏子》词:"虚阁上,倚阑望,还似去年惆怅。"辛弃疾《摸鱼儿》词:"休去倚危栏,斜阳正在、烟柳断肠处。"潘牥《南乡子》词:"生怕倚阑干,阁下溪声阁外山。惟有旧时山共水,依然,暮雨朝云去不还。"都是以伤心人对伤心景,映衬销魂断肠的痛楚,本曲也是如此。曲末的"目断行云",暗用宋玉《高唐赋》"行云"、"行雨"典,隐点爱情,加以"目断"二字,则伤心绝望,可以想见。一结结得情词并胜,神韵悠然。

〔混江龙〕一支是历来传诵的名曲。曲承上伤情而来,一连六句写暮春景物,紧紧照定落花:一阵阵花瓣随风飘洒,给人带来无限感伤,春天的脚步正悄悄远去。蝴蝶的翅上沾着飞落的柳絮,燕子所衔筑窝的泥上带着残花。"系春心"两句,加深一层,正话反说。情本长,柳丝本短;人本近,天涯本远。然而因为与张生会面无期,便成了情短于柳丝,人远于天涯了。如此设譬,深情自现,蕴藉无限。确实,对莺莺来说,那丛丛繁花、高高院墙,将她与心上人阻隔,虽则很近,但要超越又是何等艰难;何况还有传统礼教的桎梏,老夫人的严管,红娘的傍随,更使她无法果断地起步,由此,对着残春景色,她无比伤惋,产生了无尽的惜春情怀。人的青春不也犹如这繁茂的春天终会悄悄地逝去么?花的凋落,不就如同自己容华的衰逝么?她惜春,惜花,正是叹息自己,因而曲又由叹落花到自叹,一股浓郁凄怆的哀怨,深沉地传达了出来。

整支曲画面浓艳,落红、翠柳、彩蝶、紫燕,辅以池塘春水、楼台阑槛,构成一幅五彩缤纷的画面;而这热闹繁富的景物所组成的却是暮春残败景象,衬托出莺莺伤春思人而化解不开的情思,读来令人口齿生香,感喟无穷。典故、成句,运用恰当,浑如生成;对仗、排比、比喻、夸张等艺术手法交互重叠,均用得恰到好处,显示了作者高超的修养,也从侧面表现了莺莺的才华。

这些,都是作品成功的要诀,"《西厢记》天下夺魁",绝非幸至。何良俊《四友斋丛说》赞本曲云:"虽李供奉(白)复生,亦岂能有以加之哉!"王世贞也赞为"骈骊中情语"。

莺莺萎靡不振的反常状态,自然瞒不过她的贴身丫环红娘。红娘见莺莺如此无情无绪,知道她是为了相思之故,可自己又没能力帮助,除了同情外,别无办法。于是红娘关心地向莺莺提出把被子薰一下,请莺莺上床去睡一会。莺莺听了红娘的话,更加难受,索性借此把心事向红娘倾诉出来:

〔油葫芦〕翠被生寒压绣茵①,休将兰麝薰;便将兰麝薰尽,则索自温存②。昨宵个锦囊佳制明勾引③,今日个玉堂人物难亲近④。这些时坐又不安,睡又不稳,我欲待登临又不快,闲行又闷。每日价情思睡昏昏⑤。(同上)

① 绣茵：绣花褥垫。

② 则索：只能。

③ 锦囊佳制：李商隐《李长吉小传》载，李贺耽苦吟，每骑马出，令仆背锦囊相随，每得句，即投囊中。后因以代指佳作。此指张生月下所吟诗句。

④ 玉堂人物：玉堂指翰林院。因称有高才而文思敏捷的文人为玉堂人物。

⑤ 每日价：每天，整天。

　　是啊，这暮春天气，乍暖还寒，被中湿冷，正该用兰麝薰一下，可是薰了又有什么用？兰麝薰了，还是我孤单一人，自慰寂寥，能有什么改变？这一切，都是为了张生，往日吟诗酬韵，心已相通，眼下却无法传递心意，相亲相近。因此上她只觉得坐立不安，愁闷缠绕，整天昏昏沉沉。这一次，是莺莺对相思作正面表达，与张生表达相思不同，通过日常生活举止的恍惚失常，道出自己爱之深、思之切，又紧紧切合闺中女儿身份，杂糅入无奈与悲怨。前人评《西厢记》，说人物各肖其人，所谓一人有一人口吻,便指此类。该曲构思巧妙,围绕一个"睡"字作文章。红娘叫她去睡,她先言因为仅能"自温存",所以难以入睡;次言因思念张生,做任何事都不快,即使是睡也不稳;最后又归结到就是不睡,整天也昏昏沉沉犹如在睡中。这样,曲文似抽丝剥茧,越转越深,又如圆珠走盘,循环反复,闺中少女心思的细密也就委曲婉转地吐露了出来。

对此,听从老夫人严命照管莺莺的红娘,除了陪着莺莺伤感以外,又能怎样呢?然而她的心已被莺莺的痴情所打动,默思一旦有机会,一定努力促成好事。莺莺此时,也只能盼望机会的到来,"谁肯把针儿将线引,向东邻通个殷勤"?

故事发展到这里,读者必定会为张生与莺莺着急:张生与莺莺虽然已是你有情我有意,爱情结合的内在条件都已具备了。然而,张生是个游学书生,难以自达。他虽然也是尚书公子,但父母早亡,父亲为官清廉,因此家境贫寒,怎能高攀相府小姐?何况莺莺已是名花有主,所许的又是老夫人的侄儿,张生不具备明媒正娶的竞争条件,且为礼法所不容。同时,张生私下无法接近莺莺,以仿效司马相如与卓文君的故事。莺莺自小循规蹈矩,老夫人管得严,红娘寸步不离,要想与张生私会,互诉衷肠,不惟无法,亦且不敢。这道高墙,将两人严严地挡住,两人爱情的道路,几乎已到了山穷水尽的地步。幸亏作者早已运筹在握,一开始就埋伏了孙飞虎、杜确两个人物,至此奇兵突出,巧借两人之力,凿破混沌,陡起波澜,编排了孙飞虎抢亲、白马将军解围一段,使张生与莺莺的婚姻道路峰回路转,别有天地。正如清初李渔在《曲话》"立主脑"一节所说:"一部《西厢》止为张君瑞一人。而张君瑞一人,又止为'白马解围'一事,其余枝节,皆从此一事而生。夫人之许婚,张生之望配,红娘之勇于撮合,莺莺之敢于失身,与郑恒之力争原配而不得,皆由于此。是'白马解围'四字,即《西厢记》之主脑也。"李渔明确指出,王实甫在绝境中安排的"白马解围"是全剧最关键之处,所有一切矛盾均由此派生出来,从而环环相套。以下,我们便来看王实甫是如何巧运妙笔,写好这一大关目的。

四、解　围

俗话说："天有不测之风云，人有旦夕之祸福。"又说："人在屋里坐，祸从天上来。"莺莺、张生正各自沉浸在爱情的祈盼中，饱尝着爱的酸甜苦辣，聚众反叛的孙飞虎从当日观看佛事的人们口中听到崔相国灵柩停在普救寺，押送灵柩的只有寡妻弱女，相国小姐崔莺莺生得眉黛微颦、莲脸生春，比杨贵妃还要美丽，顿时起了邪心，便带着五千兵马，包围了普救寺，限崔夫人三天之内献出莺莺给他做押寨夫人，如不依从，就放火烧庙，庙中僧人俗客，一个不留。老夫人得信，惊得魂飞魄散，急忙请了法本，赶往莺莺闺房，一起商量对策。

这三人，一位是养尊处优的相国夫人，一位是与世无争的和尚,一位是深居不出的千金小姐,几曾遇到过类似的变故?自然是绞尽脑汁,想不出什么好的计策来。最后,莺莺只好提出把自己献给贼人,以救一家性命,也免了佛寺受灾。对此,老夫人岂会同意?不但亲情难割,自己家世清白,怎容把女儿嫁给贼人为妻,辱没家门?莺莺又提出不如自己上吊,把尸体献给孙飞虎,绝了他的欲望。然而孙飞虎谋妻不成,又岂肯轻易放过老夫人与寺内僧人?左想不成,右思无法,莺莺脑中忽然闪过张生的形象,这位年轻秀才,满腹经纶,胸中定有百万甲兵,何不求他?可真要求,又如何开口?只好旁敲侧击,建议只要有人能够退去贼军,自己情愿与他成亲。老夫人别无良策,勉强同意,一齐出房,请法本在法堂上把这意思当众宣布,看是否有人挺身而出,解这一难。

张生正愁无法与莺莺成就良缘,闻言喜出望外。想起拜兄率领十万军马,驻此不远,请他到来,剿灭孙飞虎如同摧枯拉朽。当下张生连忙排开众人,自告奋勇,愿意退贼。莺莺见自己心上人果然出来应募,满心欢喜,满心感激。欢喜的是自己没有看错人,张生退了贼兵,自己也就终身有托,远离相思;感激的是张生毕竟与崔家非亲非故,为了自己,肯挺身而出,承受这千斤重担。

这时张生先请莺莺回房休息,再吩咐法本派人出寺,请孙飞虎勒兵退后一箭之地,等三天后送出莺莺,孙飞虎答应了。处分已定,张生写好书信,但孙飞虎的兵马仍包围着普救寺,自己无能突围,便问法本有什么人可以送信到蒲关白马将军杜确那里。法本说:这事不用愁。俺这里有一个徒弟,唤作惠明,只要吃酒厮杀,可用言语相激,他一定肯去。张生依言呼叫谁敢突围送信,惠明果然大叫愿去。惠明出场的一套唱词,在人物性格的塑造与心理描写上当行出色,气势磅礴,在整部《西厢记》中别有一番天地,犹如花香鸟语中忽然震起一声春雷。金圣叹批本《西厢记》对此有一段绝妙的比喻,全文如下:

　　文章有羯鼓解秽之法①。如李三郎三月初三坐花萼楼下②,敕命青玻璃酌西凉葡萄酒,与妃子小饮。正半酣,一时五王三姨适然俱至。上心至

喜，命工作乐。是日恰值太常新制琴操成，名曰
"空山无愁之曲"。上命对御奏之，每一段毕，上攒
眉视妃子，或视三姨，或视五王，天颜殊悒悒不得
畅。既而将入第十一段，上遽跃起，口自传敕曰：
"花奴取羯鼓速来，我快欲解秽！"便自作《渔阳掺
挝》渊渊之声③，一时栏中未开众花，顷刻尽开。此
言莺莺闻贼之顷，法不得不亦作一篇，然而势必淹
笔渍墨，了无好意。作者既自折尽便宜，读者亦复
干讨气急也。无可如何，而忽悟文章旧有解秽之
法，因而放死笔，捉活笔，陡然从他递书人身上，凭
空撰出一莽惠明，以一发泄其半日笔尖呜呜咽咽之
积闷。杜工部诗云④："豫章翻风白日动，鲸鱼跋浪
沧溟开。"又云："白摧朽骨龙虎死，黑入太阴雷雨
垂。"便是此一副奇笔，便使通篇文字立地焕若神明。

① 羯鼓：古羯族乐器，形如漆桶，打击。以下引唐玄宗羯鼓解
　秽催花事，见南卓《羯鼓录》。

② 李三郎：唐玄宗。

③《渔阳掺挝》：鼓曲名。《后汉书·祢衡传》载祢衡曾于曹
　　操席上作《渔阳掺挝》，历数操罪。《世说新语·言语》：
　　"衡扬枹为《渔阳掺挝》，渊渊有金石声。"

④ 杜工部：唐杜甫，曾任检校工部员外郎，故称。下引诗分别
　　见杜甫《短歌行》、《戏为双松图歌》。

　　金圣叹此评，可谓鞭辟入里，深窥文章三昧。

　　以下便是惠明的唱词：

　　　〔端正好〕不念《法华经》①，不礼《梁皇
忏》②，彪了僧伽帽③，袒下我这偏衫④。杀人心
逗起英雄胆，两只手将乌龙尾钢椽揇⑤。

　　　〔滚绣球〕非是我贪，不是我敢，知他怎生
唤作打参⑥？大踏步直杀出虎窟龙潭。非是我
搀⑦，不是我揽，这些时吃菜馒头委实口淡，五
千人也不索炙煿煎熬⑧。腔子里热血权消渴，
肺腑内生心且解馋，有甚腌臜。

　　　〔叨叨令〕浮沙羹宽片粉添些杂糁⑨，酸黄

斋烂豆腐休调啖⑩。万余斤黑面从教暗⑪，我将这五千人做一顿馒头馅。是必休误了也么哥⑫，休误了也么哥！包残余肉把青盐蘸。（第二本第二折）

① 《法华经》：佛教经典名。

② 《梁皇忏》：即《慈悲道场忏法》，传为梁武帝替其亡夫人郗氏忏悔罪业而作。

③ 彪(diū)：抛掷。

④ 袒：脱掉。偏衫：僧衣。开脊接领，偏袒右肩，故称。

⑤ 乌龙尾钢椽：指铁棒。

⑥ 打参：僧尼打坐参禅。

⑦ 搀：指抢先。

⑧ 炙煿(bó)煎燖(lǎn)：各种烹调方法，即烤、爆、煎、炖。

⑨ 浮沙羹：疑为烂粥一类。宽片粉：宽粉条。杂糁：小米类杂粮。

⑩ 酸黄齑：腌酸菜。

⑪ 从教暗：任凭它黑。

⑫ 也么哥：为此曲定格，无义。

　　这段唱词是惠明一边上场一边唱的,是结合外貌形体作的内心自白。曲文的第一支,便活跳出一个莽和尚来:不念《法华经》,不礼《梁皇忏》,名是和尚实非和尚,于和尚应当做的一点不做;"彪了"以下二句,作外貌的描写,说自己是和尚,却脱下和尚的妆束打扮,便又不成个和尚;末两句,应张生之招而言,"杀人心"、"英雄胆"二语一出,又实实在在不成个和尚了。短短数句,写得扑朔迷离,真让人犯疑:惠明究竟是不是和尚?第二、第三支曲,即从这问题出发,说自己对佛门的清规戒律不屑一顾,却不能容忍孙飞虎的军队为非作歹,立誓要把他们全部消灭。作者从惠明的"莽"出发,落实写寺庙僧人的生活,由"吃菜馒头口淡"上伸展开去,列数数种素食,然后引发惠明欲饮敌血、食敌肉的豪迈。"将这五千人做一顿馒头馅",比喻夸张到了极点,与岳飞《满江红》"壮志饥餐胡虏肉,笑谈渴饮匈奴血"同样掷地有声,而曲文更为通俗形象。通过这一段唱词,一个不肯循规蹈矩、武艺高强、胆大气豪的惠明形象已横空出世,他的壮志凌云、目空一切的气概,令人毛发耸动,心仪不已。惠明在《西厢记》中只是一个过场人物,但作者同样倾注了全副精力,把人物塑造得饱满生动,笔墨酣畅,淋漓尽致,正如评家所说"狮子搏象用全力,搏兔亦用全力",一丝不苟如此,而在惠明身上,王实甫也间接地阐明了自己对宗教的看法,即佛家救世慈悲,并不在吃素念经等形式上,而主旨要能济世救人。这对当时不少僧人,表面上不吃肉,却欺压良善,炫招女色,造尽人间孽,不啻是绝妙的讽刺与当头棒喝。

此外,曲虽写得高亢激昂,叠用险韵,却中程中规,纤毫不失。正如王伯良(骥德)《校注古本西厢记考》所云:"《西厢》用韵最严,终帙不借押一字。其押处虽至窄至险之韵,无一字不俊,无一字不妥,若出天造,匪由人巧,抑何神也。"

在惠明的请求下,张生把书信交给惠明。惠明佩好戒刀,提起铁棒,大步走出寺门,冲阵而去。这时,惠明唱的一支〔煞尾〕,配合场景动作,极有气势:

您与我助威风擂几声鼓,仗佛力呐一声

喊。绣旗下遥见英雄俺,我教那半万贼兵唬破
胆!（同上）

读这支曲时,我们可以想象舞台上的情景:在紧密
的锣鼓声中,在响亮的呐喊声中,惠明离去了。唱词逐句
扣伴着动作:"擂几声鼓",是惠明还在寺中,准备出发,精
神抖擞;"呐一声喊",是惠明走出寺门,雄赳赳,气昂昂;
"绣旗下"句是惠明冲入敌阵,所向披靡;"我教"句是惠明
已冲出敌阵,遥遥远去。这样一结,简捷迅速,有鬼神不测
之机,风雷电闪之势,足以令台下观众目眩神迷,惊诧不已。

通常研究者把元杂剧的唱词分为"文采派"与"本
色派",以关汉卿为"本色派"代表,以王实甫为"文采
派"代表。明何良俊《四友斋丛说》云:"《西厢记》全带
脂粉……其本色语少。"对于本色,应有两种解释,一如
明凌濛初《谭曲杂札》所说:"大略贵当行,不贵藻丽,其
当行者曰本色。"意思是语言讲究天然,直而不曲,俚而
不文,显而不隐,这才是本色。王季烈《曲谈》也是此
意,它强调"不用词藻,专事白描"是真正本色。另一说

是认为只要合乎剧情,曲尽人情,真正反映生活,达到艺术美的境界,便是本色。如徐大椿《乐府传声》云:"因人而施,口吻极似,正所谓本色之至也。"把王实甫列为文采派,即依上述第一项标准而定。因为《西厢记》整剧就像一首完整的抒情诗,随着情节的跌宕起伏,忽而展现婉丽多姿的景物,忽而流露深邃缠绵的心情,文采斐然,典雅富丽。而关汉卿作品多写市井人物或武将、下层官僚,所以多没有文采的直白质朴的唱词,辛辣诙谐。可见从文章修辞的角度,以王实甫为"文采派",以关汉卿为"本色派",并无不妥。但绳之以第二项标准,《西厢记》主角为知识分子及相府多才小姐,文辞为符合人物身份,自然应当典雅;而其中亦因人物身份不同各有分别,如莺莺的唱词雅丽婉转,红娘的唱词爽丽锋劲,上引惠明的唱词粗豪质朴,都恰如其分地反映了人物的身份、性格。因此,认为王实甫属"本色派"也不错,明徐复祚《曲论》便说《西厢记》"字字当行,言言本色,可为南北(曲)之冠"。这是我们读《西厢记》,并进一步研究元曲的语言所不能不注意的。

惠明的努力没有白费,他奋勇突出孙飞虎的包围,赶到了白马将军杜确的驻地蒲关,呈上张生的告急文书。杜确正在惦记着张生,又早有意要平息孙飞虎的叛乱,见了文书,立刻点起人马,连夜急行军赶往蒲州,包围了普救寺。孙飞虎的部队本是乌合之众,怎敌得住杜确的精兵猛将? 只一阵,孙飞虎便被擒获,手下作鸟兽散。杜确与张生见面,各道别后思念之情,张生又告诉杜确自己与莺莺婚事缘由,杜确听了,为拜弟能找到中意的妻子高兴不已。老夫人见敌兵已退,忙出来对杜确表示谢意,吩咐设宴款待,杜确因军务在身,不便耽搁,辞谢而去。老夫人又对张生表示感谢,并请他即时搬到宅中内书房安歇,约定明早派红娘来请他赴宴,"别有商议"。张生欢天喜地地答应了。当下各自散去。

然而,被喜悦冲昏头脑的张生,是否料到"别有商议"四字的无限弦外之音呢? 读者看到这里,又是否想到正是这"别有商议"四字伏下了《西厢记》无限妙文呢?

五、赖　婚

　　读《西厢记》到这里，似乎全剧已经接近尾声了。张生与莺莺，郎才女貌，互相之间又爱得那么深，婚姻的感情基础已夯得坚实；孙飞虎遘乱，莺莺亲口许下嫁给退贼英雄为妻，老夫人当着法本与满廊僧俗的面作了认定，接着又有白马将军为证，婚姻的外部阻力已经扫除。接下来，自然而然地应该像大部分爱情小说、戏曲那样，由老夫人主持操办婚事，敷演大团圆这一结局，最多再加上张生状元及第，夫荣妻贵一类套话。谁料作者偏不肯就此随合俗套，草草收场，而是一山才下，另上一山，平地生出了"赖婚"一节，非但无收束之意，且以此为开端，将张生与莺莺的相思与坎坷更转深一层。老夫人赖婚,是《西厢记》全本的转折点,使张生与莺莺的满腔欢喜从浪尖上忽然滚入浪底,作者自当用重笔浓墨铺写。妙在作者在破贼以后,偏不直接写赖婚,又安排了红娘请宴一段情节作为铺垫。究其原因,在破贼时,场面闹攘,头绪纷多,无法插入张生对好事将谐的欢欣,而这一情感又不能不写,所以在赖婚前插入请宴,翻出奇文,极写张生的欢畅。同样,张生此时越是高兴,下文赖婚对他的打击也就越大,这就是评家所说的"烘云托月"法,加倍写云,正为加倍写月而设。下面,我们便来看张生的得意心情与举动。

一清早,张生便迫不及待地起床,梳妆打扮,准备去赴老夫人的宴席。经过了昨天挺身救美一场,他自认为这个新郎已是做定,只欠办婚宴、入洞房,心中如有虫爬,痒痒地,难以自禁。元代有句俗语,说:"帽儿光光,今夜做个新郎;衫儿窄窄,今晚做个娇客。"移到此时张生身上,可以说再合适不过了。他左盼右盼,站起坐下,急躁不安,终于盼到了老夫人派来请客的红娘。在这儿,红娘有一段唱词,活生生勾画出张生的焦急状况:

〔脱布衫〕幽僻处可有人行？点苍苔白露泠泠①。隔窗儿咳嗽了一声。他启朱唇急来答应。

〔小梁州〕则见他叉手忙将礼数迎②，我这里"万福，先生"③。乌纱小帽耀人明，白襕净④，角带傲黄鞓⑤。（第二本第三折）

① 泠泠：晶莹透彻状。

② 叉手：男子将双手合抱胸前施礼。

③ 万福：女子施礼时口中道万福，因以之指女子行礼。

④ 白襕：白色衫袍。

⑤ 角带：装饰有兽角的腰带。傲：腰带尾上翘。黄鞓（tīng）：黄色皮带。

"幽僻处"二句，写景如画。第一句写宅内的幽静，"可有人行"，即无人行。第二句作细致描绘，那绿色苔藓上还点缀着无数清澈晶莹的露珠，应上句没有人走过，又切时间还早，与温庭筠《商山早行》"鸡声茅店月，人迹板桥霜"写清早程度不同,刻画工致则一。红娘来得早,张生起得更早则不言而喻。"隔窗儿"句,写红娘已走到张生窗前,她咳嗽是偶然,点明还未敲门,下文张生"启朱唇急来答应"便见得张生一直竖着耳朵倾听窗外的声音,盼望红娘到来,神韵如见。〔小梁州〕一支,更进一步。红娘没敲门,张生已经答应,急忙出门,作礼相迎,所以本应先施礼的红娘,反而"万福"在后,张生的急态,曲折写尽。以下写张生的妆束,从帽子写到衣衫,写到角带,仔仔细细,又处处暗地照应张生早起情事,可谓句句着题,滴水不漏。

此外,在元杂剧中,一般丫环的角色,言语、唱词很少(没有唱词的占绝大多数),所言亦以直白俚俗为主,很少掉文。《西厢记》中的红娘言词,既有俚俗泼辣处,也有文雅典丽处,如上引曲"点苍苔"云云,就与她是相府小姐丫环,从小陪伴多才多艺的莺莺的身份相吻合,显得气象雍容、胸有文墨。元周德清有一支〔朝天子〕《书所见》曲云:"鬓鸦,脸霞,屈杀将陪嫁。规模全是大人家,不在红娘下。笑眼偷瞧,文谈回话,真如解语花。

若咱，得他，倒了葡萄架。"（《太平乐府》卷四）曲写一大户人家的丫环，容貌娇美，善解人意，并强调她"文谈回话"，即言语雅训。曲虽强调那丫环"不在红娘下"，实际上移以描摹红娘，可以说恰当之极。以此可见《西厢记》塑造红娘这一人物的成功与产生的巨大影响，后世传奇小说中的同类角色，都离不开红娘的影子，曹雪芹《红楼梦》中的袭人、晴雯等，也可以找到红娘性格特点的痕迹，这就是伟大作品的伟大所在。

红娘施礼后，道出了来意，张生"请字儿不曾出声，去字儿忙答应"，又迫不及待地向红娘打听老夫人请宴还请何人。当听说老夫人不请街坊亲邻，不请众僧，专请自己一人；一来为压惊，二来道谢，最主要的目的是成全他与莺莺的婚事后，张生几乎得意忘形，急急往老夫人那儿去。他岂能料到，红娘的话纯是她自己想当然而已。老夫人的"别有商议"，蕴藏文章无限，否则对女儿的终身大事，又怎能一个客人不请，如此草率，与相府世家的身份一点不配呢？张生是沉浸在狂喜之中，难辨真假；红娘是以为老夫人如此身份，自是一言九鼎，没料到好事多磨。于是张生兴高采烈地离开了书房,却一步步向尴尬伤心的境地走去。

这时候,莺莺在做什么,想什么呢?

昨天,白马将军神兵天降,擒贼解围的时候,她一个闺中女孩,自然不便抛头露面,所以对母亲允诺请张生次日赴宴一节,她毫不知晓。此时,她仍然处在惊魂不定时,张生到了,老夫人叫红娘请她出来见客人,她立即以"身子有些不停当"为理由推托。待得红娘告诉她所请的客人不是别人,正是张生时,她马上改变态度,转口说:"若请张生,扶病也索走一遭!"对母亲的请客,她首先想到是完全应该、合情合理的事:

〔五供养〕若不是张解元识人多,别一个怎退干戈!排着酒果,列着笙歌。篆烟微,花香细,散满东风帘幕。救了咱全家祸,殷勤呵正礼,钦敬呵当合①。(第二本第四折)

① 当合:应该,应当。

曲中首先夸奖张生，因为全靠他设法退敌，才保全了全家及满寺僧人的性命。在称赞中，不难品味出，在莺莺内心深处，已不知不觉地把张生当作自己的至亲至爱，是夺之不走、难以离间、情投意合的郎君，提起他时，不由得带着满心的矜夸。次四句，是想象筵席的热闹与丰盛。张生对自己家有如此大的功劳，母亲又是第一次请女婿，绝不会草草应付，列笙歌，燃名香，虽非实指，但反映了莺莺心中的喜悦。

由请张生，莺莺转而想到了自己的婚事。她觉得张生人品出众，自己也是红颜才女，两人正相般配，而从今天开始，正是幸福的起点：

〔乔木查〕我相思为他，他相思为我，从今后两下里相思都较可。酬贺间礼当酬贺，俺母亲也好心多。（同上）

你看，此刻的莺莺当着红娘的面，毫无顾忌地把以前的心事直白地抖落出来，见得心中畅快无比。"我"

"他"、"他""我",从这平常的称呼中,便可以看出莺莺
对张生的情意及对他发自内心的亲密感。莺莺陶醉在
快乐中,对母亲十分感激,因而红娘在旁告诉她筵席不
是像她认为的那样卷起帘幕、排列酒果笙歌,而是草草
杯盘,没有一个陪客的亲友,她还是往好处想,认为母亲
是勤俭持家,不肯破费。可是,当她步入房中,现实却把
她的满怀高兴击得粉碎:老夫人完全否决了婚事。《西
厢记》剧在此有一段绝妙的对白:

> (夫人云)小姐近前拜了哥哥者。
>
> (末背云)呀,声息不好了也!
>
> (旦云)呀,俺娘变了卦也!
>
> (红云)这相思又索害也!(同上)

"哥哥"二字,如石破天惊,震撼当场。张生好容易
盼到这一刻,见心上人走了进来,总以为接下谈的是二
人的婚事,猛听得老夫人叫莺莺以哥哥相称,突遭变化,
不知所措;莺莺一路上千念万叨,满怀希望而来,骤听母

语,怨意顿生;红娘目睹变故,倍感同情,"相思又索害"承上文莺莺"从今后两下里相思都较可"而来,照应绵密。

场上人物,这时当以莺莺最为难受:其一,她已对张生有深厚的感情、无限的爱意,一旦见婚姻落空,失望之极,为自己感到伤心;其二,张生对自己满腔热情,爱深如海,又为自己挺身而出,写书退敌,如今好事成空,自然伤痛五内,因此她又为张生感到伤心,觉得对不起张生;其三,老夫人是堂堂相国夫人,自当一诺千金,却言而无信,活生生拆开自己与张生的美满姻缘,因此她为母亲的出尔反尔感到羞愧,心中又怨又恨,难以接受这一现实。在这几般感情的煎逼下,莺莺唱出了以下两支呼天抢地、哀怨悱恻的曲子:

〔雁儿落〕荆棘剌怎动那①,死没腾无回豁②。措支剌不对答③,软兀剌难存坐④。

〔得胜令〕谁承望这即即世世老婆婆⑤,着莺莺做妹妹拜哥哥。白茫茫溢起蓝桥水⑥,不

邓邓点着祆庙火[7]。碧澄澄清波,扑剌剌将比目鱼分破[8]。急攘攘因何[9],扢搭地把双眉锁纳合[10]。(同上)

① 荆棘剌:惊慌、惊恐状。那:同"挪"。

② 死没腾:无生气、失魂落魄状。回豁:反应,回应。

③ 措支剌:张惶失措状。

④ 软兀剌:无力,没有精神。

⑤ 即即世世:积世,老于世故。

⑥ 蓝桥水:唐传奇《裴航》载裴航曾与仙女约会于蓝桥,成仙而去。又,《庄子·盗跖》:尾生与女子约于桥下,女子未来,河水暴涨,尾生不愿离开,抱桥柱淹死。此合二典用之。

⑦ 不邓邓:形容怒气冲腾。祆(xiān)庙火:《渊鉴类函》引《蜀志》:蜀帝公主与乳母陈氏子有旧情。公主借去祆庙拜神的机会约会陈氏子。公主至庙,陈氏子正熟睡,公主不忍叫醒他,解下玉环放在他的怀中后便离去。陈氏子醒后见玉环,知公主来过。后悔不已,怨气化火,烧毁庙宇。

⑧ 比目鱼:《尔雅》:"东方有比目鱼焉,不比不行,其名谓之

蝶。"后常以之比恋人或夫妻。

⑨ 急攘攘：着急，急忙。

⑩ 扢搭地：快速，一下子。

　　唱词从惊闻母亲变卦叫自己称张生"哥哥"开始，而先写张生，说张生骤然遭到打击，惊慌失措，失魂落魄，坐立不稳。这样，通过莺莺眼中写，益发见出张生此刻难以接受、无法支持的状况，与前此历历落落写张生充满希望、欣欣鼓舞地来赴宴时的行为、心理形成强烈的反差，极尽文章顿挫抑扬之妙，也深得戏剧利用反差制造舞台效果、吸引观众的三昧。莺莺先说张生，不先说自己，又是她爱张生、怜张生的具体表现。次曲，归到自己，怨天尤人，利用典故，将对老夫人的不满，自己心中的失望，与对爱情的执著追求，表现得淋漓尽致。在这两支曲中，作者为了表现突发性的事故对莺莺的猛烈打击，一反莺莺唱词惯有的典雅优美的风格，全用口语俗语，配以双声叠字，增加急促、愤疾的氛围，反映了作者驾驭语言的高超技巧。王国维《宋元戏曲史》说元剧之佳,在于有意境,"何以谓之有意境?曰:写情则沁人心脾,写景则在人耳目,述事则如其口出是也。"这两支曲,可以说达到了述事如其口出,有意境。

这时候,老夫人又叫莺莺给张生劝酒。可是张生此刻又怎么喝得下酒,莺莺又怎么忍心劝他喝酒呢?莺莺长叹道:

〔折桂令〕他其实咽不下玉液金波①。谁承望月底西厢,变做了梦里南柯②!泪眼偷淹,酪子里揾湿香罗③。他那里眼倦开软瘫做一垛④,我这里手难抬称不起肩窝⑤。病染沉疴,断然难活,则被你送了人呵,当什么喽罗?⑥

(同上)

① 玉液金波:指美酒。
② 梦里南柯:唐传奇《南柯太守传》载,淳于棼梦入槐安国,娶公主,任南柯太守,享尽荣华。及醒,发现槐安国乃蚁穴,南柯即槐树南枝。后因以南柯梦喻一场空。

③ 酩子里：暗地里。搵：揩拭。

④ 一垛：一堆。

⑤ 称：举。

⑥ 喽罗：聪明，干练。

　　在曲中，莺莺把心中的怨尤，借劝酒一事，再次道
出。"他其实咽不下玉液金波"，是将心比心，说张生必
然不肯饮。"谁承望"二句，是不肯饮的原因，妙在仍然
以己心度彼心。"泪眼偷淹"二句，说张生此刻哭还来
不及，哪里有工夫应酬喝酒呢？最后，以彼此伤心情状，
指责母亲：是你断送了人家，还假惺惺地劝什么酒呢？
曲文极尽揣摸之能事，通过一人之口，将两人的心思曲
折细致地表达了出来，令人拍案叫绝。

　　老夫人见状，只得将宴席草草收场，令莺莺回房去
休息。莺莺对张生有无限衷情要诉，但在老夫人面前，
不便吐露一句。眼见张生闷闷不乐，泪眼汪汪，却又一
声不发，她禁不住感叹自己红颜薄命，埋怨张生懦弱，没
有据理力争。她只能带着对老夫人的怨恚，带着失望，

又带着对张生的爱,掩泪回房。她知道,经过今天一番周折,要想与张生谐连理已是杳茫,从此后,无边的相思将伴随着日日夜夜,怎么度过呢? 在回去的路上,她再次感叹:

〔离亭宴带歇指煞〕从今后玉容寂寞梨花朵①,胭脂浅淡樱桃颗,这相思何时是可②? 昏邓邓黑海来深,白茫茫陆地来厚,碧悠悠青天来阔。太行山般高仰望,东洋海般深思渴③。毒害的恁么。俺娘呵,将颤巍巍双头花蕊搓④,香馥馥同心镂带割⑤,长挽挽连理琼枝挫。白头娘不负荷⑥,青春女成担阁,将俺那锦片也似前程蹬脱⑦。俺娘把甜句儿落空了他,虚名儿误赚了我⑧。(同上)

① 玉容寂寞梨花朵:谓美丽的容颜为愁苦笼罩。语本白居易《长恨歌》:"玉容寂寞泪阑干,梨花一枝春带雨。"

② 可:终结。

③ 思渴：渴而思水。此指相思强烈。

④ 双头花：即并蒂莲，喻同心恋人。

⑤ 同心镂带：同心结。用锦带结成菱形连环回文，表示相爱。

⑥ 不负荷：不承担责任。

⑦ 锦片也似前程：美好前程。元曲中多指美满婚姻。蹬脱：脚滑开。此指脱空。

⑧ 误赚：欺骗。

　　曲文仍是宴席上情绪的延续，写自己，时时带定张生，指责老夫人。其中写相思一段，又作别样生新文字。相思是一种难以名状的心理感受，仅可意会，难以言传，既是虚幻的，又是实际存在的。前此，剧本写相思，多描述心理反应及由此伴随的种种动作。这支曲变换手法，以独特的理解力、丰富的想象力与高超的技巧，通过实景实物的比较，说相思似黑海暗、陆地厚，似青天阔、太行山高、东洋海深，在每组比喻中又紧密结合心理感受与形态描绘，给人以实在的感觉。前人称王实甫为写情圣手，洵然，而这样的连类设譬，也正是元曲的特色之一。

张生直到莺莺离去，方才从打击中清醒过来，趁告退之际，忿忿不平地责怪老夫人过河拆桥、忘恩负义，严正指出："不知夫人何见，以兄妹之礼相待？小生非图哺啜而来，此事果若不谐，小生即当告退。"老夫人胸有成竹，早已预备了答辞，先以莺莺已许婚郑恒为由，"如若此子至，其事将如之何"？接着又提出愿资助张生金帛，让他别娶豪门贵宅之女。对此，张生岂能接受？他只好怫然告辞，气冲冲地回书房去。

红娘目睹了这场变故，出于对这对恋人的热爱与同情，感到十分痛心。她本是丫环身份，又受老夫人的叮嘱看管莺莺，在等级森严、礼法严格的相府中，没有她发言的权力。然而她自小伏侍莺莺，多年来的相伴，使她与莺莺建立了深厚的感情，她与莺莺的关系，已处在主仆与朋友之间。红娘也是个年轻女子，同样有爱情的追求与向往，所以充分理解张生与莺莺此刻的心情，于是她终于打定主意，选择站在莺莺与张生一边，为成全两人的爱情贡献自己的力量。因此，当老夫人命红娘送张生回书房时,她一路上听到见到张生在绝望的怨艾中痛不欲生时,终于忍不住为张生出谋划策:张生你既然擅长弹琴,小姐也精于琴音,你何不在晚上小姐烧香之际弹上一曲,以琴音打动小姐;让我在旁看小姐如何反应,明天告诉你,再作计议。于是,当正规的求婚之路被切断后,另一条地下通道酝酿出来了。张生听了红娘的话,犹如溺水中抓到了件漂浮物,黑暗中迷路的人见到了远处的灯光,怎能不再三感激,唯唯听命呢?他带着一丝希望,回到了书房,等待夜幕降临。

老夫人赖婚是《西厢记》全剧转折的关键。没有这一赖,便没有以后曲折感人的情节,《西厢记》也就成了普通的爱情故事,连流传到今天的资格或许也没有。

对赖婚,从情理上,在张生这边来看,绝不可赖,绝不该赖。张生心仪莺莺已久,直到孙飞虎兵围普救寺,才得到机会,莺莺答应在先,老夫人当场许诺,口血未干,怎么可以赖呢?从莺莺一边看,也绝不可赖。莺莺也早有意于张生，事急从权，提出嫁给退贼人，心中却认定张生，又经老夫人许可，名分已定，怎么可以赖呢？但从老夫人这边，却又不得不赖。因为丈夫在世时，女儿已经许给郑恒，孙飞虎围寺，出于无奈，答应把女儿许配退贼者，本是权宜之计，否则如惠明退了贼，女儿便嫁莽和尚，也不赖乎？幸而张生退贼，老夫人事后想起一女许二夫，岂不有玷家门？且已令人招郑恒前来，一旦郑恒到了，如何交代？再说唐代婚姻，最重门第。《隋唐嘉话》云："高宗朝，以太原王，范阳卢，荥阳郑，清河、博陵二崔，陇西、赵郡二李等七姓，恃其族望，耻与他姓为婚，乃禁其自婚娶。"可见门第观在当时何等讲究，以至皇帝都看不过去。莺莺家的"博陵崔"与郑恒的"荥阳郑"均是七大名门之一，正好般配，而张生的郡望则是无名小族，老夫人怎么甘心将女儿下嫁？张生是一介寒儒，于势必难以强争，也促成了老夫人之赖。这赖婚，无理中实在蕴涵着有理，作者并非凭空架构这一情节。历来读《西厢记》的人，往往说老夫人阴险刻薄，反复无情，是她出手干预了张生与莺莺的婚姻；甚至有人把老夫人作为反面角色进行批判。实际上,老夫人只不过是一位典型的封建大族人家母亲的形象,她的所作所为,不过是始终以封建社会的道德标准与价值取向为准绳而已。

六、琴 挑

　　夜幕终于降下,张生在书房里摆好了琴,准备依红娘之计,通过琴声来传达自己的爱慕,看莺莺的反应。这时,莺莺在红娘的陪伴下,来到了花园里。眼前的景物,在莺莺眼中,又是一番模样,勾起了她心中的种种失落与伤愁:

　　〔斗鹌鹑〕云敛晴空,冰轮乍涌①;风扫残红,香阶乱拥。离恨千端,闲愁万种。夫人那,"靡不有初,鲜克有终"。②他做了个影儿里的情郎,我做了个画儿里的爱宠。(第二本第五折)

① 冰轮：明亮团圆的月亮。乍涌：初升。

② 靡不有初,鲜克有终:出《诗·大雅·荡》,言凡事都有开始,却很少有好的结果。

《西厢记》写夜,这是第二次(闹斋时写殿内,不计)。在前次"酬韵"时,"玉宇无尘,银河泻影。月色横空,花阴满庭",于这次相同,都是晴空皓月。但上次是从张生眼中看出,这次是从莺莺所见着笔。根本的不同,在于上次写月夜,旨在衬托张生对爱情的无限憧憬;这次写月夜,意在暗示莺莺对婚事不谐的愁闷。同样的景色,由于人物不同,情感不同,产生的作用也就不同,这就是王国维《人间词话》所说的"有我之境"。文章最忌重复,但重复而能别出机杼,达到"犯而不犯",就进入了文学的更深一层境界。这支曲是这折戏中第一支曲,作者安排莺莺一登场就开口责备老夫人有始无终,使美好姻缘成为一场虚无,看似紧紧连结上一折"赖婚"而来,写莺莺至此时仍对老夫人耿耿于怀,不能原谅;而更深的意思是要表达莺莺对张生心存歉疚,为爱情不能圆满而难受,为以下张生以琴声打动她作好铺垫。没有靶子,再神奇的射手也无法表现自己;莺莺未敞开心扉,张生的琴声又能起什么作用? 这些都是作者用笔细腻处,我们在阅读时切不可草草放过。文中"影儿里的情郎"、"画儿里的爱宠",从佛经所云"镜中花、水中月"脱胎,比喻新颖妥帖,常常为人称赞,但相对作者构思行文的精到而言,已落第二等了。

就在莺莺苦苦思念张生,咀嚼着母亲赖婚带给她的苦果时,乖巧的红娘已看破了小姐的心事,有意咳嗽了几声。张生听见红娘的咳嗽声,知道红娘是在告知自己莺莺已来到了花园里,便整理好琴,弹奏起来。琴声在寂静的夜空中飘荡着,悠扬玲琮的韵律,融入了大自然的天籁中,搅动着莺莺本来就起伏翻腾的心。这琴音,在莺莺的耳中心中,幻化成了种种不同的声响,使她深深地陶醉,她不自觉地进入了音乐的世界,不断追随着琴音,展开了幻想的翅膀,思考着:

〔天净沙〕莫不是步摇得宝髻玲珑? 莫不

是裙拖得环珮叮咚？莫不是铁马儿檐前骤
风①？莫不是金钩双控②，吉丁当敲响帘栊③？

〔调笑令〕莫不是梵王宫，夜撞钟？莫不是
疏竹潇潇曲槛中？莫不是牙尺剪刀声相送？
莫不是漏声长滴响壶铜④？潜身再听在墙角
东，原来是近西厢理结丝桐⑤。

〔秃厮儿〕其声壮似铁骑刀枪冗冗⑥；其声
幽似落花流水溶溶；其声高似风清月朗鹤唳
空⑦；其声低似听儿女语，小窗中，喁喁⑧。

〔圣药王〕他那里思不穷，我这里意已通，
娇鸾雏凤失雌雄。他曲未终，我意转浓，争奈
伯劳飞燕各西东⑨，尽在不言中。（第二本第
五折）

① 铁马：屋檐下挂的铁片或铃铛，风吹则玎珰作响。

② 控：下垂。

③ 吉丁当：碰击声。

④ 壶铜：指漏壶。古以铜壶盛水，底设小孔漏水，壶内有刻

度,依漏水多少计时。

⑤ 丝桐:指琴。琴以丝为弦,桐木为身。

⑥ 冗冗:杂乱声。此指刀枪撞击声。

⑦ 唳:鸟类高声鸣叫。

⑧ 喁喁:和谐亲昵地小声谈话。

⑨ 伯劳飞燕各西东:古乐府:"东飞伯劳西飞燕,黄姑织女时相见。"伯劳,鸟名,一名鵙。

莺莺唱的这四支曲连成一气,犹如一篇听琴赋,先写声,再写韵,最后点出琴意,渐次展开,一丝不乱。在王实甫以前写听音乐的作品不少,最著名的是韩愈的《听颖师弹琴》与白居易的《琵琶行》。韩诗如此描绘:

昵昵儿女语①,恩怨相尔汝②。划然变轩昂,勇士赴敌场。浮云柳絮无根蒂,天地阔远随飞扬。喧啾百鸟群③,忽见孤凤凰。跻攀分寸不可上④,失势一落千丈强。

① 昵昵:亲近。

② 相尔汝：以你、我相称，表示亲昵。

③ 喧啾：众鸟争鸣声。

④ 跻攀：登高。

这首诗，被苏轼誉为琴诗中第一。它通过形象的比喻，把缥缈的、难以名状的乐声转化为可以感觉的形象，通过对琴声产生的联想，写出了自己的震撼与共鸣。白居易在诗中这样写琵琶演奏：

> 大弦嘈嘈如急雨①，小弦切切如私语②。嘈嘈切切错杂弹，大珠小珠落玉盘。间关莺语花底滑③，幽咽泉流水下难④。冰泉冷涩弦凝绝⑤，凝绝不通声暂歇。别有幽愁暗恨生，此时无声胜有声。银瓶乍破水浆迸⑥，铁骑突出刀枪鸣。曲终收拨当心划⑦，四弦一声如裂帛⑧。

① 嘈嘈：沉重密集。

② 切切：幽细低沉。

③ 间关：鸟叫声。

④ 幽咽：水流声。

⑤ 凝绝：凝止中断。

⑥ 银瓶：汲水的瓶。

⑦ 拨：弹奏弦乐器所用的薄片。

⑧ 裂帛：撕裂布帛。

　　白居易在这儿用赋体写乐曲演奏的整个过程，用灵活变化的笔墨，绘声绘色地写出了演奏者的技巧与自己的心灵感受，成为千古相传的名作。

　　韩愈与白居易诗的共同点是用了修辞上的"博喻"手法，即使用重叠连贯的比喻来描写一个主体的各个方面，韩诗十句用了七个比喻，白诗十四句用了九个比喻，都使得诗歌精彩纷呈，使人如身临其境，亲聆其音。《西厢记》在这里也吸收了这一手法，用一连串的比喻，从各个角度来写琴声的不同音色、节奏，说它清泠处如步摇、环珮，如铁马、金钩；洪亮悠扬处如寺庙钟声；低沉轻越处如疏竹摇动、玉尺刀剪碰击；断续处如铜壶夜漏；雄壮处似铁马奔腾、刀枪铿响；幽咽处如落花流水；高亢处似鹤唳夜空;低柔处似儿女喁喁私语。这样设譬,全方位地把琴音的各种面貌提供给读者,称得上是韩愈、白居易后又一写音乐的巅峰作品。

王实甫四支曲的戏剧效果也是很明显的:在戏台上,可以见到整个台用布景隔成左右两半,左边是书房,右边是窗外花园。书房中张生在弹琴,花园内莺莺伴随琴声边唱边做种种动作。琴声一响,莺莺先从自己身上猜起,由步摇声到环珮声;接着抬头望眼前的房屋,疑为铁马声、帘钩声;再举目远望庙宇,从钟声猜到远处的竹林;再浑疑二句,猜为玉尺刀剪撞击,铜壶漏水叮咚;最后才认定为琴声。随后,由坐实琴声加以发挥,通过听琴,做心灵的交流,剧情便分外感人。唱词中"娇鸾雏凤"、"伯劳飞燕"等字面的应用,再次表达莺莺对爱情被破坏的伤感及对张生的深刻理解。"他那里思不穷,我这里意已通",是莺莺自述自己与张生已如胶投漆、似盐化水,即使琴音中没有表示,莺莺也已完全了解张生的意思。写痴心聪慧女子到此境地,可以说文章已做绝了。

需要连类谈及的是，王实甫在这儿用来写音乐的手法，在元人杂剧中是常见的，区别只在于出手的高低。如同是元早期作家的白朴，在名剧《梧桐雨》中，这样写风雨：

〔笑和尚〕原来是滴溜溜绕闲阶败叶飘，疏剌剌刷落叶被西风扫，忽鲁鲁风闪得银灯爆，厮琅琅鸣殿铎，扑簌簌动朱箔①，吉丁当玉马儿向檐间闹。

〔叨叨令〕一会价紧呵似玉盘中万颗珍珠落，一会价响呵似玳筵前几簇笙歌闹②，一会价清呵似翠岩头一派寒泉瀑，一会价猛呵似绣旗下数面征鼙操③。兀的不恼杀人也么哥，兀的不恼杀人也么哥，则被他诸般儿雨声相聒噪④。（第四折）

① 朱箔：同"珠箔"，珠帛做的帘子。

② 玳筵：指华丽丰盛的筵席。

③ 征鼙：战鼓。

④ 聒噪：吵闹，搅得人心烦。

曲文均用直观的象声词与博喻手法,以散文笔法入曲,铺陈排比,形象鲜明。这两支曲,与上引《西厢记》曲合看,可见曲体收揽众长、自由活泼的风格。

王实甫这一写音乐的手法,在当时就有人刻意模仿,如李好古《张生煮海》剧第一折,写龙女听张生弹琴一段,就脱胎于《西厢记》。曲云:

〔鹊踏枝〕又不是拖环珮韵玎珰;又不是战铁马响铮𨫘①;又不是佛院僧房,击磬敲钟。一声声唬的我心中怕恐。原来是厮琅琅谁抚丝桐。

〔寄生草〕他一字字情无限,一声声曲未终。恰便似颤巍巍金菊秋风动,香馥馥丹桂秋风送,响珊珊翠竹秋风弄。咿呀呀偏似那织金梭擤断锦机声②,滴溜溜舒春纤乱撒珍珠迸③。

① 战:晃动。

② 擤断:碰击。锦机:织机。

③ 春纤:指女子的手指。

曲词从比喻到语气,都明显追步《西厢记》,可见《西厢记》在当时传播之广、影响之大。

这时,乖巧的红娘找借口离开了花园,临走时,她高声对莺莺打了个招呼,这无疑是向张生做了暗示。张生认定窗外只剩下莺莺一人,立刻改弦更张。汉代的司马相如曾经弹奏过《凤求凰》一曲,通过孤凤飞翔四海求凰相配的事,倾诉自己对卓文君的爱慕。卓文君听出了琴音中含蕴的深意,被司马相如的爱所感动,最终抛弃了富贵的家庭,与贫寒的书生司马相如私奔。张生想起了这故事,也弹起《凤求凰》曲,向莺莺表达心意。听见这如泣如慕、婉转缠绵的乐曲,莺莺禁不住流下了伤心的泪水,感叹道:

〔麻郎儿〕这的是令他人耳聪①,诉自己情衷。知音者芳心自懂,感怀者断肠悲痛。

〔幺篇〕这一篇与本宫、始终、不同②。又不是清夜闻钟③,又不是黄鹤醉翁,又不是泣麟悲凤。

　　〔络丝娘〕一字字更长漏永，一声声衣宽带松④。别恨离愁变成一弄⑤。张生呵，越教人知重。（同上）

① 这的是：这真是。

② "这一篇"句：言张生改变宫调，弹奏《凤求凰》曲。

③ 清夜闻钟：与下"黄鹤醉翁"、"泣麟悲凤"均古琴曲名。

④ 衣宽带松：指人憔悴消瘦，不胜衣装。

⑤ 一弄：一曲。

　　莺莺在这三支曲中，由己心知他心，对张生的志诚更加敬重，对张生的爱也就增益了一重，因此她对母亲的赖婚更加不满。然而，作为一个没有自主权的女子，她又能怎么办呢？她除了自怨自艾，叹命运捉弄自己外，只能暗中把一颗芳心紧紧系定在张生身上。而这一结果，也正是张生与红娘预期想要达到的目的。

　　听罢张生从琴曲中传达的绵绵情意后，又听见张生弹罢琴，忧从中来，仰天长叹，责备夫人忘恩、小姐说谎一番话,莺莺陷入了重重矛盾中。她想现身而出,向张生剖明心迹,可是礼教的大防使她难以逾越,女孩子的自重羞涩的心理也难以冲破;想就此离去,又觉得对不起张生,也放不下张生。也许红娘已窥破了莺莺欲前反后、迟疑不决的心理,便及时返回花园。她以退为进,假以老夫人寻莺莺为名,叫莺莺快走。人的内心就是如此,如果红娘不叫她走,她反而会主动要走;如今叫她走,她反而求红娘再等一会儿。红娘见计谋得逞,进一步作试探说:"姐姐只管听琴怎么?张生着我对姐姐说,他回去也。"这样一逼,莺莺终于让红娘去告诉张生,叫他别急,自己一定会想办法不让张生落空。至此,红娘的目的可以说完全达到了。

时间最能医治人的创伤,但也最能折磨人。莺莺虽然有心要与张生通情愫,可是老夫人管得紧,她一时间怎能找到机会?张生在无止境的等待中,在相思的折磨中,终于病倒了。莺莺也觉得身子不快,懒施粉黛,慵拈针线,整天愁眉苦脸,难以捱日。这天,莺莺听说张生害病,心里实在放心不下,叫红娘偷偷去看望张生。红娘见是白天,怕老夫人知道,推托不允,在莺莺的再三要求下,才松口答应,举步往张生的书房走去。

　　这时,在读者心中,红娘仿佛从莺莺手中接过了一根红丝,牵着往张生那儿走去,她只要把红丝交到张生手中,任务就完成了,剩下就是张生与莺莺自己的事了。谁知道,接下来发生的事偏偏远离这一结局,更使人如堕入五里雾中,难思难解。

七、传　书

　　红娘来到张生的书房,张生刚起床,病体恹恹,气色灰暗,衣衫不整。他一见红娘,喜出望外,连忙向红娘打听莺莺的消息。红娘见张生为情所困,憔悴至斯,同情之心,油然而生,把莺莺的心思及派自己来探望张生的事,原原本本地告诉了张生。张生自从迷恋上莺莺,这是第一次正式听到莺莺对自己关心爱怜的话,喜从心起,顿时病减了三分,打起精神,央求红娘为他带封信给莺莺,传达自己对她的爱意。莺莺的心思,红娘既然已经深知,莺莺又托她传话在前,红娘减少了顾忌,把自己的身份与礼教的规定抛到了脑后,同意了张生的请求。张生急忙写好书信,信中先对莺莺表达爱慕,又对老夫人赖婚表示不满,最后倾诉了自己的相思。信末,附诗一首云:"相思恨转深,谩把瑶琴弄。乐事又逢春,芳心尔亦动。此情不可违,虚誉何须奉?莫负月华明,且怜花影重。"诗中郑重提到月夜弹琴一事,意为你我既是知音,惺惺相惜,又何苦自己折磨自己,不答应见面,互吐衷情呢?红娘接了书信,又再三劝张生放下心来,多多保重,自己一定尽力说服莺莺来看望他。当然,红娘成算在心,敢于承诺,并非无缘无故或一时冲动,听琴的晚上,红娘对莺莺已有深刻的了解,以为二人之事,已经水到渠成,不用再费力了。但是红娘没有料到,世间的事,又岂是一厢情愿可成的?

红娘满怀喜悦,拿着张生的书信,回到房里,见莺莺正睡着,钗横鬓偏,便把书信放在妆台上,看莺莺醒后见了书信怎么说。红娘此举,一是心情愉快,觉得自己为促进小姐与张生的爱情做了应做的事,从今以后,小姐可摆脱相思,与张生遂心交往,视自己为功臣;二是有意想让小姐无意中见信,产生惊喜;三是她多一番心计,知道莺莺平日端庄矜持,虽然心中对张生思极爱极,但表面上喜欢装作无所谓的样子,恐怕当面交给她书信,她面薄,不好意思接受。谁知道,红娘费尽心机,却"失之毫厘,谬以千里",如意算盘完全落空了。

莺莺睡了会儿,醒过来,起身长叹,走向妆台梳妆。剧中这样写她看见书信的经过:

〔普天乐〕晚妆残,乌云嚲①,轻匀了粉脸,乱挽起云鬟。将简帖儿拈,把妆盒儿按,开拆封皮孜孜看②,颠来倒去不害心烦③。(旦怒叫)红娘!(红作意云)呀,决撒了也④!厌的早挀皱了黛眉⑤,(旦云)小贱人,不来怎么!(红唱)忽的波低垂了粉颈,氲的呵改变了朱颜⑥。(第三本第二折)

① 乌云:指女子秀发。嚲:下垂。

② 孜孜:长时间凝神注视。

③ 不害心烦:不怕心烦。

④ 决撒:败露,坏事。

⑤ 扢皱：皱起。

⑥ 氲的：一下子。

　　曲从莺莺起床后写起。"轻匀了粉脸,乱挽起云鬟",见得她无心梳妆,草草了事。此下,"将简帖儿拈"一个"拈"字,"把妆盒儿按"一个"按"字,乃形容慵懒无绪的样子,刻画莺莺为情所困,精神不振,白天睡觉,人虽醒而愁思未减的少女情状,历历如见,王伯良评说:"秾艳婉丽,委曲如画,周昉《仕女图》故不过如此。"以下两句是全曲主句,是作者着力处。"孜孜看,颠来倒去不害心烦",从红娘心中忖度,莺莺是表面沉静,心里欢喜,见了书信,不由得反复翻看,咀嚼书中情味,思考如何应答;在莺莺一边,实质上是骤得书信,一时不知如何应付,只得借翻看书信,颠来倒去,磨蹭沉吟,该怎样表态。最终,莺莺选择了"发怒",她涨红脸,把红娘叫到跟前。装作一本正经的样子,莺莺对红娘责问道:"小贱人,这东西那里将来的? ……谁敢将这简帖来戏弄我? 我几曾惯看这等东西? 告过夫人,打下你个小贱人下截来。"面对这一变故，红娘大出所料：你们俩的事明明白白地摆着，从隔墙酬诗，到月夜听琴，都是我红娘亲眼所见，亲耳所闻，所以我才会替你们传递书信，怎么说变就变，反怪到我的头上来呢？红娘一时气上心来，有恃无恐，索性耍赖到底，回嘴说：是你小姐派我去，是他张生派我带来，谁知道他写些什么。你们俩的事，怪我什么？她还提出，干脆由自己"出首"，把信送去给老夫人看。

莺莺发怒本是自我遮盖，没想到红娘反过来派她的不是，不给她台阶下，便被狠狠将了一军，只好软下来，拉住红娘说，前言是有意相逗。红娘得理不饶人："放手，看打下下截来。"其实也就是乘势转弯。等莺莺追问张生病情，她一一回答后，依然责怪说张生因佳期耽误，弄成这般模样，全是你小姐的不是。到了这一地步，莺莺才道出自己心事，说是怕张生写信的事被人知道，获罪不小。然后莺莺写了封信，叫红娘送去给张生，说要教训一下张生，以儆将来。红娘已经挨了一顿训斥，此时要不送，怕莺莺再次恼火；且自己又在张生那儿说了满话,总得有个交代,没奈何,只好拿了书信,往张生书房里来。

张生送走红娘后,因为红娘的许诺使他认定莺莺对他的信一定会作出积极的反应,所以正翘首等待红娘的回音。他一见红娘到来,也无暇观看红娘神色,就迫不及待地问事情如何,没想到红娘斩钉截铁地回答说:"不济事了,先生休傻!"又强调不是自己不用心成全他们,而是张生自己信写得不妥当。红娘气冲冲地抢白张生说:

〔上小楼〕这的是先生命悭①,须不是红娘违慢。那简帖儿倒做了你的招状,他的勾头②,我的公案。若不是觑面颜③,厮顾盼,担饶轻慢④,先生受罪,礼之当然。贱妾何辜?争些儿把你娘拖犯⑤。

〔幺篇〕从今后相会少,见面难。月暗西厢,凤去秦楼⑥,云敛巫山⑦。你也赸⑧,我也赸,请先生休忉⑨,早寻个酒阑人散。(同上)

① 命悭：命薄，命不好。

② 勾头：逮捕罪犯的拘票。

③ 觑面颜：看面子。

④ 担饶：担待，宽恕。

⑤ 争些儿：差一点。你娘：红娘自称以戏谑张生。拖犯：牵
连，拖累。

⑥ 凤去秦楼：《列仙传》载，秦穆公女弄玉嫁萧史，穆公为建
凤台秦楼居之。萧史善吹箫，作凤鸣，一夕夫妇共骑凤仙去。

⑦ 云敛巫山：宋玉《高唐赋》载楚王游巫山，梦神女来会，临
去言"妾在巫山之阳，高丘之阻。且为朝云，暮为行雨。朝
朝暮暮，阳台之下。"后世多以巫山、云雨、阳台代指男女欢
会。此句说巫山云收，即好合已无希望。

⑧ 赸：走开。

⑨ 讪：羞惭。

　　很明显，红娘把在莺莺那儿受的种种委曲，忍下的
一团心火，兜头发向张生。她说张生一封信，给自己惹
下了无数麻烦。"你的招状，他的勾头，我的公案"三
句，尖利地指出，犯罪的是你张生，却让我挨了顿训斥。

她还说,不是看在我的份上,你张生根本逃脱不了惩罚。因此,红娘表明,从今以后你收起非分之想,你们之间的情意已化为烟云,张生你还是早早离开的好。一段话,淋淋漓漓,将小女子口吻描摹得逼真入神。金圣叹批这一段说:"细思作《西厢记》人,亦无过一种笔墨,如何便写成如此般文字,使我读之通身抖擞,骨节尽变。闻古人有痁疾大发,神换其齿者,有如此般文字得读,便更不须痁疾发也。"

红娘的话如兜头一盆冷水,把被爱情醺得发昏、对佳期盼得火热的张生激醒,张生不禁泪下,只好故伎重施,拖着红娘,央求她再想办法。红娘这时也已山穷水尽,无计可施,怎么敢再去莺莺前劝说?她忽然想起此行的真正目的,忙拿出了莺莺的书信,叫张生自己去看。在红娘预想中,莺莺一定在信中责以礼教大义,断然回绝张生,张生见信,将如雪上加霜,一定会痛不欲生。没想到,张生看了信反而喜上眉梢,手舞足蹈起来。红娘见状,如丈二金刚摸不着头脑,忙问张生是怎么回事。原来莺莺的回信是四句小诗:"待月西厢下,迎风户半开。隔墙花影动,疑是玉人来。"张生十分有把握地解释说:"'待月西厢下',是着我月上时来。'迎风户半开',是她会开门迎接我。'隔墙花影动,疑是玉人来',是叫我跳过墙去。"张生甚至高兴地说:"有这样喜事,撮土焚香,三拜礼毕。早知小姐简至,理合远接,接待不及,勿令见罪。小娘子,和你也欢喜。"一会儿,张生又得意忘形地想到晚间事:"小生读书人,怎跳得那花园过也?"

这边张生欢喜雀跃,絮絮叨叨,红娘却止不住怒上心来。前此,她在莺莺面前受的种种委屈,如出自莺莺的真实思想,她尚能忍耐,她对张生的责备,也是出于同情怜爱;如今见莺莺出尔反尔,自己反约张生见面,把她蒙在鼓里,这股怨气她怎么忍受得了?因此,红娘不由得深深埋怨起莺莺来:

〔耍孩儿〕几曾见寄书的颠倒瞒着鱼雁①,小则小心肠儿转关②。写着道西厢待月等得更阑③,着你跳东墙"女"字边"干"④。原来那诗句儿里包笼着三更枣⑤，简帖儿里埋伏着九里山⑥。他着紧处将人慢，您会云雨闹中取静⑦，我寄音书忙里偷闲。

〔三煞〕他人行别样的亲，俺跟前取次看⑧，更做道孟光接了梁鸿案⑨。别人行甜言美语三冬暖，我跟前恶语伤人六月寒。我为头儿看：看你个离魂倩女⑩，怎发付掷果潘安⑪？

（同上）

---

① 鱼雁：指寄信人。乐府《饮马长城窟行》有"客从远方来，遗我双鲤鱼。呼儿烹鲤鱼，中有尺素书"句。《汉书·苏武传》，苏武被匈奴拘留，汉使求苏武，匈奴诡言已死。常惠教使者托词天子射上林苑，得雁，足有帛书，言苏武在某泽中。匈奴因放回苏武。后因以鱼、雁代指书信或寄书人。

② 转关：变化不测。

③ 更阑：夜深。

④ 女字边干：合成"奸"字。

⑤ 三更枣：为"三更早"谐音。《坛经·行由品》载，五祖传法

惠能,与粳米三粒、枣一枚,惠能悟曰:"师令我三更早来。"

⑥ 九里山:传韩信在徐州九里山前设十面埋伏,击败项羽。这里指计谋。

⑦ 闹中取静:谓使别人奔走而自处安逸。

⑧ 取次:等闲、轻率。

⑨ 孟光接了梁鸿案:《后汉书·逸民传》载高士梁鸿家贫,与妻孟光相敬如宾,"(光)为具食,不敢于鸿前仰视,举案齐眉"。这里反用此典,讥莺莺主动。

⑩ 离魂倩女:唐陈玄祐《离魂记》载张镒女倩娘因父悔婚,卧床不起,其魂追随恋人王宙赴蜀,同居生子。后归宁,魂与卧榻上躯体合而为一。

⑪ 掷果潘安:《晋书·潘岳传》载,潘岳字安仁,美姿容,每出游,妇女争着向他投掷水果,常满载而归。

是的,莺莺的"作假"确实让红娘难以忍受。她忽而急着催红娘去探张生的病,当红娘带回张生的信,她却大发其火,说是对她这个相府小姐的戏弄、侮辱,进而怪罪红娘。等到红娘真的撒手不干时,她又好言劝慰,再托红娘寄信;明明是给张生的约会信,却又装着是要警告张生不要胡来。这样反复无常，弄虚作假，实际上表现了莺莺内心深受情与礼冲突的煎熬，对此红娘又怎会理解？因而，她觉得自己被活活耍弄了，好心得不到好报，便在这两支曲中，用泼辣、尖利的语言，辅以古乐府谐音、拆字手法，直接抒发自己的愤疾，可谓妙语连珠。金圣叹评说："真乃于情于理，欲杀欲割，不可得解也，气死红娘也！"曲中"他人行"、"俺跟前"、"别人行"、"我跟前"，两两对比，写出了红娘一肚子的怨气；最末两句"看你个离魂倩女，怎发付掷果潘安"，说得刻薄之至。前者是通过对比，发泄心中不平。后者是决绝之言，犹说：我是你寸步不离的贴身丫环，你想要做的事有什么逃得过我的眼睛？你现在将真作假，遮遮掩掩，想要瞒我，我如今索性不管你们的事，看你怎么约会张生。这样一来，红娘直爽的性格，可谓纤毫毕露。

值得特别一提的是，元杂剧规定每折由一人唱到底，基本上是生或旦两个主角唱，习惯上称为生本、旦本。《西厢记》在这一点上有所突破，间有同折两人唱处，更因为红娘地位特殊，因此安排红娘唱的折子占了很大比重。同时,在安排每折的主唱上,作者也煞费苦心。例如"传书"这一段,如由莺莺唱,她当时因老夫人赖婚,心绪不宁,唱词便会局限于抒发悲伤情感,而且只能写闺中一边,无法兼顾张生。若由张生唱也有同样的缺陷。所以作者安排让穿针引线的红娘这一角色唱,从旁观者的角度,来作细致的观察,通过细心揣摸,传神地揭示莺莺与张生的内心世界,起到一箭双雕的作用;反过来,又让读者对红娘的性格与思想有了纵深的了解。这样安排,剧情便波浪起伏,意趣横生,悲中有喜,喜中有悲,引人入胜。

最后,红娘带着半信半疑的心情告辞了张生,回内宅而去。她决定要冷眼旁观事态的发展。

"传书"是《西厢记》中情节最复杂的一折。戏曲讲究高潮与低潮的交替,平平淡淡,便无法吸引观众,得不到好的舞台效果。元杂剧一般一本四折,或另加一个楔子,其中第三折通常是全剧的高潮,第四折煞尾。《西厢记》共五本,每本中都有自己的高潮,而在高潮前通常又能很好地做好"蓄势"工作，积累矛盾，引入冲突。如第一本，原题"张君瑞闹道场"，四折分述"惊艳"、"借厢"、"酬韵"、"闹斋"四事，以"酬韵"为高潮，写两人初次交心，彼此有情。难能可贵的是，王实甫在每一折的创作中也善于营造气氛、收放自如，往往使剧情大起大落、跌宕有致。如"传书"一折在这一本中是第二折，本身不是全本高潮所在，但同样写得丰富多彩、盘旋曲折。整个情节可以分为四层。第一层写红娘替张生带书回房，满心欢喜；第二层写莺莺见书变色，红娘难以理解，满心委屈；第三层写红娘送莺莺回书与张生，向张生尽情发泄不满，措辞爽快利落；第四层写红娘知道莺莺约会张生，顿生愤怒。随着这四层情节的发展，红娘的喜怒哀乐被描摹得丝丝入扣而又合情合理，真可谓是化工之笔。

八、约 会

　　红娘回到了自己的住处,等待着夜晚的来临。随着时间的过去,她的怒气渐渐地平息了;出于对莺莺与张生的同情与热爱,她反而产生了急切的欢喜,为他们迈出关键的一步而感到由衷高兴。于是,她也抑制不住地盼望那会面的时刻早早来到。然而,时间却过得那么地慢,真让人难以忍受。在这折,剧本分别对张生与莺莺的等待作了入木三分的刻绘。张生的等待通过说白来表达,快截利索:

　　今日颓天百般的难得晚①。天,你有万物于人,何故争此一日。疾下去波!"读书继晷怕黄昏②,不觉西沉强掩门。欲赴海棠花下约,太阳何苦又生根?"(看天云)呀,才晌午也,再等一等。(又看科)今日万般的难得下去也呵。"碧天万里无云,空劳倦客身心。恨杀鲁阳贪战③,不教红日西沉!"呀,却早倒西也,再等一等咱。"无端三足乌④,团团光烁烁。安得后羿弓⑤,射此一轮落?"谢天地! 却早日下去也。呀,却早发擂也! 呀,却早撞钟也! 拽上书房门,到得那里,手挽着垂杨,滴流扑跳过墙去⑥。(第三本第二折)

① 颓:骂人话,有恶劣、该死等意。

② 继晷(guǐ):日以继夜。晷,日影。韩愈《进学解》:"焚膏油以继晷。"

③ 鲁阳贪战:《淮南子·览冥训》载:"鲁阳公与韩构难,战酣日暮,挥戈而抚之,日为之反三舍。"

④ 三足乌:传日中有三足乌。此代指日。

⑤ 后羿:《淮南子·本经训》载,尧时十日并出,禾稼草木枯

焦,帝命羿射落九日。

⑥ 滴流扑：状动作轻捷快速。

莺莺的心态,通过红娘的旁观来反映,同时带定张生:

我看那生和俺小姐巴不得到晚。

〔乔牌儿〕自从那日初时想月华,捱一刻似一夏。见柳梢斜日迟迟下,早道好教圣贤打①。

〔搅筝琶〕打扮得身子儿诈②,准备着云雨会巫峡。只为这燕侣莺俦,锁不住心猿意马③。

不只俺那姐姐害。那生呵,二三日来水米不粘牙。

因姐姐闭月羞花,真假,这其间性儿难按纳④,一地里胡拿⑤。(第三本第三折)

① 圣贤：此指神仙。暗用日神羲和鞭日典。

② 诈：谓刻意修饰,装模作样。

③ 心猿意马：形容控制不住心神。

④ 按纳：控制、忍耐。

⑤ 一地里：一味地。胡拿：胡来，胡闹。

　　我们在生活中都有这样的体会：等人的时候，时间过得特别慢，何况是与心上人有约，充满了幸福的憧憬，更是恨不得那一刻早早到来。这时候，时间却像有意与你作对，偏偏如凝滞胶固一般。虽然说等待是一种美，可这美只有在日后的回忆中才能品尝出来；真正置身于等待中的人，又有谁愿意延长等待，以便日后细细品味这美呢？《西厢记》在这里，对等待者的心理推敲琢磨得十分透彻，因此分外感人。写张生自述，结合舞台演出，将时空快速转换，辅以言语诗句，写出他等待的全过程；在演出时，占用时间很短，仅仅是一段"吊场"，却同样能使观众为张生的焦急产生共鸣，觉得时间过得太慢，并迫不及待地想知道下文。红娘一段唱白，采用浑写。"捱一刻似一夏"，以夏天日长作譬，形象地写出莺莺度日如年的不耐烦。细写莺莺的梳妆打扮，则为了从侧面说明莺莺是为了消磨时间而这样做。在所写的整个等待过程中,红娘注目莺莺,带定张生,更把自己的心情也溶化了进去。

张生的一段说白,是自言自语,从文学角度看俚俗不文,似乎没有美感;但由于它形神兼备,在念白时配合场景动作,细腻入微地揭示了人物的心理,所以为后人普遍称赞并模仿。如明末著名剧作家孟称舜在《娇红记》传奇第十二出《期阻》中,写申纯等候晚上与情人娇娘私会,有这样一段唱白:

> 今日这天,怎生如此难得晚哩!
>
> 〔园林好〕呀,恁迢迢长日似年①,盼不落红轮半天,枉自把闲庭踏遍。兀的不焦杀也病文园②,焦杀也病文园!
>
> 我再看天呵,还未晚哩! 天,我央及你,我与你唱喏,怎生不动? 我与你下跪,又不动。我与你下拜,也不动。呸,泼毛团③,鳔胶黏住你哩④!"红红泼泼更瞳瞳⑤,夕向西沉早在东。为甚今朝偏恋着,生根结蒂在当中"? 说什么"人有善愿,天必从之"。我如今唱喏,你也不动;跪你,你也不动;拜

你,你也不动,敢待骂哩……

① 长日似年:唐庚《醉眠》:"山静似太古,日长如小年。"

② 病文园:司马相如,他曾任孝文园令,有消渴疾。

③ 泼毛团:对太阳的詈词。日中有三足乌,故云。泼,恶劣、卑贱。

④ 鳔胶:用鱼鳔或猪皮等熬制成的胶。

⑤ 瞳瞳:明亮貌。

这段文字,从构思布局到语言文字,几乎全步《西厢记》后尘。

夜终于降临了,莺莺携红娘步入了花园。又是一个月明风轻之夜,花影交互,阵阵香气暗暗袭来,园中幽深宁静,一如既往。红娘有两支曲,描摹夜色,抒发情感,写得清朗纯净:

〔新水令〕晚风寒峭透窗纱,控金钩绣帘不挂。门阑凝暮霭①,楼角敛残霞。恰对菱花②,

楼上晚妆罢。

〔驻马听〕不近喧哗,嫩绿池塘藏睡鸭;自然幽雅,淡黄杨柳带栖鸦③。金莲蹴损牡丹芽④,玉簪抓住荼䕷架。夜凉苔径滑,露珠儿湿透凌波袜⑤。(同上)

① 门阑:门框,代指家门。

② 菱花:镜子。

③ "淡黄"句:用贺铸《浣溪沙》:"淡黄杨柳暗栖鸦。"

④ 金莲:指女子的纤足。

⑤ 凌波袜:语出曹植《洛神赋》:"凌波微步,罗袜生尘。"

这两支曲,一味白描,用语与前两次不同。《西厢记》第一次写夜,是张生唱的,曲文以淡雅为主,如清水出芙蓉,天然去雕饰,意境宏深;第二次写夜,是由莺莺唱的,曲文以凄丽为主,如幽蝉低鸣,清泉活活,情深意长;这里第三次写月,曲文以清醇为主,如春风吹物,黄鹂关关,多姿多态。曲采用追述,明明已是晚上,却从傍晚写起。风寒透窗纱，是傍晚的风，已暗点晚间花园里的寒风；绣帘不挂，暗示莺莺不时窥看窗外天色，等待夜晚来临。终于暮霭沉沉，残霞片片，黄昏已到，佳人对镜梳妆罢，款款步出闺房。这样一幅浓淡相间的仕女图，被作者数笔勾出，真令人击节叹赏。〔驻马听〕一曲，写花园的幽寂，其结构也别出心裁，即以人的动逐步带出夜的静。它先写池塘藏鸭、杨柳栖鸦，这是红娘入园后的直感，表明入夜后园内万物都已转入静态。唱词化用贺铸《浣溪沙》词句，加以充实，被何良俊《四友斋丛说》赞为"青出于蓝，无妨并美"，给人以恬淡静穆之感。后四句随着人物的行进，得以展示小径曲折，花木繁盛，青苔遍地，露珠凝结的境况，种种景物，看似随手拈来，无意组合，却洗炼而出，内蕴丰富，凸现了花园夜景的清幽，同时映带了人物的心理。前面谈到，前两次写夜色，如同王国维所说的"有我之境"，这支曲可称"无我之境"。对于"无我之境"，王国维这样诠释："无我之境，以物观物，不知何者为我，何者为物。"叔本华在《作为意志和表象的世界》中也有类似的阐述："人们忘记了他的个体,忘记了他的意志,他已仅仅只是作为纯粹的主体,作为客体的镜子而存在,好像仅仅只有对象的存在而没有觉知这对象的人了。所以人们也不能再把直观者(其人)和直观(本身)分开来,而是两者已经合一了。"《西厢记》中这支曲及其他一些写景的曲,均达到了上述境界,这就是人们为什么用"优美"来概括《西厢记》曲词的原因。金圣叹特地评这一段说:"是好园亭,是好夜色,是好女儿;是境中人,是人中境,是境中情。写来色色都有,色色入妙。"直言快语,就欠提高到理论高度来总结了。

夜幕中,莺莺与红娘已经缓缓地走到了太湖石边。莺莺准备烧香,红娘见张生没到,便找个借口去开花园的角门来看。黑暗中正与张生撞个满怀,红娘叫张生抓紧时间,赶快跳过墙去,又谆谆叮嘱张生休要孟浪,"他是个女孩儿家,你索将性情儿温存,话儿摩弄,意儿谦洽,休猜做败柳残花",张生喏喏答应,往墙角跑去。所谓"吃一堑,长一智",红娘深受莺莺变化多端的苦,这时留了个心眼,不叫张生直接从角门进去,却叫他仍然跳墙,是怕莺莺万一翻脸,自己可以完全撇清,不承担任何责任。

张生到了墙角,爬上太湖石,攀着杨柳,跳过墙去。他见莺莺在月光下亭亭玉立,千娇百媚,哪里还想到该温存些,便大步向前,迫不及待地一下把莺莺搂在怀里。莺莺骤然被张生搂住,不禁勃然大怒,骂道:"张生,你是何等之人!我在这里烧香,你无故至此,若夫人闻知,有何理说!"张生兴致勃勃而来,这时见莺莺如此,一时没了主意,只好羞惭地退立一边,低着头一句话也讲不出来。

红娘在旁,看在眼里,急在心里。在红娘想来,有了前番送信的实例,总以为莺莺这次又是在故作姿态,假意发怒,张生平时巧言利口,现在怎么变得哑口无言起来,真是太不中用了!张生动作确实过于孟浪,但你就这般搂着莺莺,她难道真的敢叫喊?是她写信约你来,就是老夫人知道,你又怕什么?红娘见事已如此,只得上前为张生解围,假装正言把张生训斥了一顿,说他"既读孔圣之书,必达周公之礼",怎可深夜来此,"非奸则盗"，在说张生时暗中给莺莺施加压力，最后乘势为张生说情，请莺莺饶了他一次。

　　封建社会的种种戒律清规，很大程度限制了青年男女——尤其是大户人家女子的婚姻恋爱自由；然而对于知识女性，往往只能拘束住她们的身子，而无法拘束住她们的心，有时候反而还激发她们的反叛心理，正如元郑光祖《倩女离魂》杂剧中张倩女所说："你不拘钳我可倒不想，你把人越间阻，越思量。"莺莺的心中又何尝不是如此呢？但这些女子在反抗时，由于传统道德教育的根深蒂固，她们又不可避免地带有软弱性，要想反抗，又顾虑重重，刚跨出一步，又瞻前顾后，迅速收回，摇摆不定。莺莺在这儿对张生发怒，看似无情，实亦在理。固然，莺莺早已把张生当作至亲至爱，这次约会，也是莺莺主动邀请。不过出于女孩子的自尊与对老夫人的畏惧，她还是"送书的颠倒瞒着鱼雁"，不想让红娘知道得太多。同时，在她心中，张生是个温文尔雅，知情达礼，风流知趣的人，没想到张生一上来就这么付急色相，红娘又在旁看着，本来就提心吊胆的她，第一个反应自然是拒绝他。莺莺的动摇、犹豫、谨慎、矛盾直至临场的慌乱,正是典型人物的典型反映,所以能赢得人们的喝采,否则一拍即合,怎么成莺莺? 如果张生能像红娘吩咐的做,这晚的会面也许便水到渠成了。

通过红娘的斡旋,莺莺渐渐定下心来,顺着红娘的话,又教训了张生数句,撂下张生与红娘,回房去了。莺莺一走,张生就仿佛被解除了魔咒一般,又伶牙俐齿起来,苦苦哀求红娘再想办法。红娘至此对自己的小姐也难以理解,犹如读一部天书,越读得多,越觉得难以捉摸,对张生的请求,她除了善意的调侃与劝告以外,还能做什么呢? 在叹息与怨怼中,张生垂头丧气,一步步挨了回去,从此一蹶不振,神思昏昏,病势比以前加倍沉重。

老夫人毕竟知书识礼,听说张生病重,猜出是为赖婚而起,心中有愧,特派法本去请医生给张生诊治,又叫红娘去探示张生的病情。这时莺莺也觉得在花园里对张生过于生硬绝情,听说张生为自己相思病重,心存感激,千思万想,终于咬紧牙关,挣扎出软弱的泥沼,迈出最后决定性的一步:与张生私会,了却凤缘;她特地写了信,假充是药方,叫红娘带给张生。

张生见了红娘,忍不住唉声叹气,又是指责老夫人,又是怪罪莺莺,伤感自己病势沉重,不久于人世。红娘忙呈上莺莺的药方,这一味药正是医相思的特效药,张生见了,顿时神志一清,精神焕发。红娘见状,疑心不已,忙询问所以。张生得意洋洋地告诉红娘,所谓药方是一首约定明晚见面的诗。红娘仍然不信,说:"又怎么,却早两遭儿也。"张生满怀信心地担保这次必定不假,把诗中意思逐句解释给红娘听,尤其是结尾"寄语高唐休咏赋,今宵端的云雨来"二句所涵委身相许之意,红娘这才相信,并允诺一定催促帮衬,让张生成就姻缘。

第二天,初更将尽,月上柳梢,张生打点精神,静等莺莺前来。那窗外一点点微小的声响,都使他心中一阵阵扰动,脑海中如东海波浪,翻腾上下。以下一支曲,细微地描述了他的心理动态:

〔混江龙〕彩云何在,月明如水浸楼台①。

僧归禅室,鸦噪庭槐。风弄竹声则道金珮响,
月移花影疑是玉人来。意悬悬业眼[2],急攘攘
情怀[3]。身心一片,无处安排。只索呆答孩倚
定门儿待[4]。越越的青鸾信杳[5],黄犬音乖[6]。

(第四本第一折)

① "彩云"二句:化用晏幾道《临江仙》:"当时明月在,曾照彩
云归。"彩云,指云也指人。

② 业:佛教名词,泛指一切身心活动。此指罪恶、造孽,是埋
怨自己的话。

③ 急攘攘:急躁烦乱的样子。

④ 呆答孩:发痴、发呆的样子。

⑤ 越越:悄悄。青鸾:《汉武故事》载,西王母有双青鸟,曾替
王母送信于汉武帝。

⑥ 黄犬:《晋书·陆机传》载,陆机有黄犬名黄耳,曾替他把
信从京中送往江南家中。黄犬音,指书信。

在曲中,张生不平静的心态,通过宁静的夜色来衬

托。傍晚的彩云已经归去，月亮升起，月光似水，照亮了楼台。——夜来了，约定的时间也该到了，莺莺该来了吧？做晚课的僧人已归禅房休息，归巢的乌鸦在槐树上聒噪。——人静了，莺莺你怎么还不来？远处的风摇动着竹林，发出玎琮的声响，——莫不是莺莺从小径上踏着苍苔走来，身上的环珮叮叮碰响？风摇动着花儿，月光把花影印上了窗纱，——莫不是莺莺已到了窗外？他等啊等，心中万般焦急，坐立不安。"呆答孩，倚定门儿待"，看似直白，却不知含有几遍起立、探望、坐下之义，"倚定"正是说倚不定，"呆答孩"正是说满脑子是胡思乱想。

元曲由于能自由地增加衬字，且为了加强舞台效果，注重口语，所以特别擅长描写人物的心理动态，显得精彩纷呈。上支曲是写男子等女子，商挺有首〔潘妃曲〕，写女子等男子，也同样波澜起伏：

戴月披星耽惊怕，久立纱窗下。等候他，蓦听得门外地皮儿踏，则道是冤家，原来风动荼蘼架。

两支曲，商挺是直诉，王实甫是反说，合在一起欣赏,品味曲中夜的寂静与主人公既紧张又渴望的心情,可收到相得益彰的效果。

　　夜更深了,莺莺还是没来,张生的信心不禁又动摇了起来。想起以往的教训,莺莺难以揣测的性格,更使他忐忑不安:莫不是我错会了意? 是不是莺莺变了卦? 也许莺莺被老夫人管住走不开? 在等待时,又增加了无数猜疑:

　　〔天下乐〕我则索倚定门儿手托腮,好着我难猜:来也那不来? 夫人行料应难离侧。望得人眼欲穿,想得人心越窄,多管是冤家不自在。

　　〔那吒令〕他若是肯来,早身离贵宅;他若是到来,便春生敝斋。他若是不来,似石沉大海。数着他脚步儿行,倚定窗棂儿待……(同上)

　　两支曲,在来与不来上反复猜疑。第一支曲,猜她不来,因为自己望眼欲穿,几近绝望,因此推想她被老夫人管住,难以离开。第二支曲,又抱希望猜她来,算计着她此刻已离开了家，不一会便满屋春生；转而又怕她不来，于是想象她离了家，数着她的脚步，想着她该走到了什么地方。伴随着来与不来的猜测，张生忽然生恨，恨莺莺无情；忽而生谅，原谅她身不由己；忽然又恨，恨她让自己着急盼望；忽而又谅，体谅她不自由。历历落落，翻来覆去，心神不定，其状如见。《西厢记》善于模拟儿女情思，每于此等处花水磨功夫，令人读后掩卷，自有一张生在目前，真是画也画不出这副形态。

这边张生正在六神无主，那边莺莺还在磨磨蹭蹭、拿腔作态，直到夜深，还虚情假意地试探红娘，说自己准备睡觉了。红娘见了，又好气又好笑，干脆挑明了说："姐姐，你又来也！送了人性命不是耍处。你若又翻悔，我出首与夫人：你着我将简帖儿约下他来。"莺莺到此，只好放下架子，口中推托"羞人答答的，怎生去"，一边早挪动了脚步，往张生书房去。到了书房，张生如久旱逢甘霖，喜不自禁，莺莺更是娇羞万状，杏脸生春。红娘谆谆叮嘱了几句，离开了书房。这一晚，露滴香埃，风静闲阶，月射书斋，云锁阳台，这对欢喜冤家终于了却了相思债。

九、拷红

俗话说:"相爱的男女之间只隔着一层纸。"自从莺莺与张生之间的那层纸捅破后,两人你贪我爱,恨不得融合在一起,几乎天天幽会,莺莺甚至于整夜不归。脱离了相思的苦海,沉浸在爱恋的蜜河,莺莺从一个羞涩的少女变成了一个容光焕发的少妇,这变化,怎么瞒得过老夫人的法眼?正在老夫人疑心重重之际,莺莺的弟弟又告诉老夫人,说看到姐姐晚上出去,半晌不归。老夫人马上感到大事不妙,想要盘问莺莺,急切间又没有借口,决定从红娘身上开刀,令欢郎去把红娘传来。

红娘听欢郎说老夫人叫她去盘问与莺莺去花园事,又知老夫人怒气冲天,知道事情已经败露,忙与莺莺商议。莺莺到了这紧急关头，除了求红娘遮盖外别无一策。红娘无奈，只好对莺莺摊牌："姐姐在这里等着，我过去。说过呵，休欢喜；说不过，休烦恼。"然后辞了莺莺，往老夫人处来，一路走，一路盘算着对策。

红娘在心中感到莺莺所做没有错，自己仗义相助也是对的，事情的起因是老夫人赖婚，因此觉得理直气壮，不难把事情应付过去。她的对策，首先是赖，能通过赖，消弥事端，自是上策。以下是红娘赖的过程：

> （红见夫人科）（夫人云）小贱人，为什么不跪下！你知罪么？（红跪云）红娘不知罪。（夫人云）你故自口强哩！若实说呵，饶你；若不实说呵，我直打死你这个贱人！谁着你和小姐花园里去来？（红云）不曾去，谁见来？（夫人云）欢郎见你去来，尚故自推哩！（打科）（第四本第二折）

红娘先是赖得一干二净，逼得老夫人说出证据。眼见老夫人并非虚语恐喝，真的发怒了，她知道已经赖不

了,也无法赖,干脆以退为攻,交代部分内容,以探虚实,看老夫人究竟知道多少:

　　(红云)夫人休闪了手①,且息怒停嗔②,听红娘说。

　　〔鬼三台〕夜坐时停了针绣,共姐姐闲穷究③,说张生哥哥病久,咱两个背着夫人,向书房问候。(夫人云)问候呵,他说甚?(红云)他说来,道"老夫人事已休,将恩变为仇,着小生半途喜变做忧"。他道"红娘你且先行,教小姐权时落后"④。

　　(夫人云)他是个女孩儿家,着他落后怎!(同上)

① 闪: 因用力过猛或转侧扑跌而扭伤筋络。
② 嗔: 怒。
③ 闲穷究: 闲聊,闲谈。
④ 权时: 权且,暂且。

　　红娘的交代,虽是敷衍,事情是真,细节却是假,且先派老夫人的不是,为自己站住脚跟、摆脱罪名打好基础。称张生"哥哥",绵里藏针,既刺老夫人,又表明去看张生为情理中事。最精彩的是"红娘你且先行,教小姐权时落后"与"他是个女孩儿家,着他落后怎么"数语。红娘吞吞吐吐,不接触事情的实质,只"落后"二字,包涵无数文章在内;老夫人由"落后"二字,也想到了其中包涵有无数文章,不免惊慌,忍不着脱口发问。红娘闪烁其词的目的正是观察老夫人的态度,老夫人心急而问,红娘马上觉察到了老夫人的心虚,于是马上转变策略,干脆来了个竹筒倒豆子,把事情的全过程来个彻底的交代,而在交代时,立场鲜明地站在莺莺与张生一边,派老夫人的不是:

〔秃厮儿〕我则道神针法灸①,谁承望燕侣莺俦? 他两经今月余则是一处宿,何须你,一一问,缘由?

〔圣药王〕他每不识忧,不识愁,一双心意两相投。夫人得好休,便好休,这其间何必苦

追求？常言道"女大不中留"②。(同上)

① 神针法灸：高明的医术。
② 女大不中留：俗语云"蚕老不中留，人老不中留，女大不中留"。谓闺女到了出嫁年龄留不住她。也有留了会造成麻烦之意。

这段话，如奇兵突起，极有心计，既为自己开脱，又把张生与莺莺结合说成是自然合理之事，而且劝老夫人应当面对现实，不必追究。至此，红娘已扭转乾坤，不再处于被动受审的地位了。杨恩寿《词余丛话》评说："昔人谓'文章最忌参死句'。余觉文章中有以死句见妙者。《会真记》(即《西厢记》)夫人拷问红娘，红娘直认：'红娘你请先行，小姐权时落后。'此十成死语也。接云：'自然是神针法灸，难道是燕侣莺俦？'(引文均金圣叹改本文字)字字跳脱，读之跃然。"金圣叹则极赏红娘此时的机智与从容，他评道："作当厅招承语，而闲闲然只如叙情也，只如写画也，只如述一好事也，只如谈一他人也。"

　　到此时,老夫人已陷入被动,反复为自己辩解,红娘便得理不让,展开了全面的反攻:

　　(红云)非是张生、小姐、红娘之罪,乃夫人之过也。(夫人云)这贱人倒指下我来,怎么是我之过?(红云)信者,人之根本,"人而无信,不知其可也。大车无輗,小车无軏,其何以行之哉?①"当日军围普救,夫人所许退军者,以女妻之。张生非慕小姐颜色,岂肯建区区退军之策②?兵退身安,夫人悔却前言,岂得不为失信乎?既然不肯成其事,只合酬之以金帛,令张生舍此而去。却不当留请张生于书院,使怨女旷夫③,各相早晚窥视,所以夫人有此一端。目下老夫人若不息其事,一来辱没相国家谱;二来张生日后名重天下,施恩于人,忍令返受其辱哉?使至官司④,夫人亦得治家不严之罪;官

司若推其详⑤,亦知老夫人背义而忘恩,岂得为
贤哉? 红娘不敢自专,乞望夫人台鉴:莫若恕
其小过,成就大事,捼之以去其污⑥,岂不为长
便乎?（同上）

① "人而无信"五句:见《论语·为政》。辖与轫(yuè)都是古
　代车辕与横木连接处的关键部件。
② 区区:殷勤之意。
③ 怨女旷夫:语出《孟子·梁惠王下》,指到了婚嫁年龄而未
　成婚的男女。
④ 官司:官府。
⑤ 推其详:追究调查事情的经过。
⑥ 捼(nuó):摩弄。此指勉强迁就,顺从。

　　这段对话,是《西厢记》中著名的片段,几乎所有论
《西厢记》的作品都要引用它。在这里,红娘侃侃而谈,
先搬出孔圣人的话来作为自己立论之本,给老夫人定
罪,使她对所作所为产生的直接后果赖不掉,说她违背

了"人之根本",让老夫人没有辩驳的余地。然后,红娘
一一罗列老夫人的错处,使她心服口服。但是红娘在阐
述自己的道理时,极有分寸,软中有硬,硬中带软,即使
在用字上也滴水不漏。如"张生、小姐、红娘"则称
"罪",夫人则称"过",做到了有理有节。又以老夫人如
欲治莺莺、张生的罪将出现"辱没家谱"、"背义忘恩"、
"治家不严"等恶劣后果,使老夫人不得不放弃初衷,另
谋解决办法。最后,红娘顺理成章地为老夫人出主意,
为她开脱,逼她就范。一番话,把红娘临威不惧、头脑清
醒、娴于词令的形象鲜明地展示出来,犹如读春秋战国
时辩士的说词,令人叹为观止。

　　在戏曲中,唱词为本,说白为辅,所以说白又称"宾
白"。在戏曲未臻成熟时,戏曲家往往只重填词,因而
在明清两代曲论家的著作中,往往认为元杂剧的作者只
写曲词,宾白都是戏班子或演员自己创作的,因而论曲
一般只注目曲词,忽略宾白。实际上,曲词与宾白是一
脉相通,相辅相成的,好的戏曲本子的宾白是作者贯注
了大量心血的结晶,与曲词同样重要,甚至起到曲词无

法代替的作用。换句话说,只有词曲优美、宾白当行的本子,才可能成为畅行的名剧,这也是戏曲与词曲的根本区别之一。《西厢记》不仅曲词精美,宾白也深具神韵,红娘上述一段宾白,精彩纷呈,如珠走盘,配合舞台动作,便收到了很好的戏剧效果。

在红娘滔滔不绝的辩解下,老夫人终于同意了红娘的意见,说道"这小贱人也道得是",令红娘去把张生、莺莺叫来,准备训斥一顿,承认他们事实上的婚姻;当然,老夫人也酝酿着进一步的计划,承诺妥协不是无条件的。

红娘领命,分别去传唤两人。两人听见危机已过,和合在望,除了欢喜以外,反应不同,《西厢记》写得也令人喝彩不已。莺莺是"羞人答答的,怎么见夫人",活脱闺中女子做了不应做的事后怕见母亲的神理;张生则是"小生惶恐,如何见老夫人,当初谁在老夫人行说来",活脱书生做了亏心事被出首后畏缩躲闪的样子。红娘对两人的责备更是尖新泼辣,一副胜利后趾高气扬、以功臣自居的模样。她说莺莺:

〔小桃红〕当日个月明才上柳梢头,却早人约黄昏后①,羞得我脑背后将牙儿衬着衫儿袖②。猛凝眸,看时节只见鞋底尖儿瘦。一个恣情的不休,一个哑声儿厮耨③。吓,那其间可怎生不害半星儿羞④?(同上)

① "月明"二句:语本欧阳修《生查子》词:"月上柳梢头,人约黄昏后。"

② 脑背后:背过脸。牙儿衬着衫儿袖:咬住衣袖。

③ 厮耨:戏弄纠缠。指男女狎昵情态。

④ 半星儿:半点。

在这里,红娘抓住莺莺话中的"羞"字大做文章,将她与张生最见不得人的事抖露出来,几令莺莺无立足之地。但作为一个粗解风情的丫环,这样指责莺莺又不显得刻薄,反而令人忍俊不禁,尤其是刚经过老夫人发怒这紧张的情节,这样的调侃,给观众以松弛与调节情绪的作用。此外,文章有省笔,有补笔。张生与莺莺一月

来蜜里调油、你欢我爱的生活,如另用一折,不唯词费,
且少含蓄,所以作者用了省笔,又在这里通过红娘的口,
用补笔叙出,简便明快。

同样,红娘对张生的指责也不留情面:

〔小桃红〕既然泄漏怎干休①? 是我相投
首②。俺家里陪酒陪茶倒捯就③。你休愁,何
须约定通媒媾? 我弃了部署不收④,你原来
"苗而不秀"⑤,呸! 你是个银样鑞枪头⑥!
(同上)

① 干休:作罢,放过。
② 投首:投案自首。
③ 倒捯就:倒贴。
④ "我弃了"句:调侃语,原指不当师傅,不收你这徒弟,此指
  以后不管你的事了。部署,宋代民间的武术教师,或为军
  中武官名。
⑤ 苗而不秀:语出《论语·子罕》,谓只长叶不抽穗开花,喻

虚有其表。

⑥ 银样镴枪头：喻中看不中用。镴，铅锡合金，色如银，质地
软弱。

　　红娘在这儿挖苦张生敢做不敢当，临事退缩畏惧，
切合书生软弱无能之状。当然，红娘如此大推大扳、洒
脱放肆，归根结底来自于说服了老夫人后的成就感，以
及从内心为张生、莺莺感到高兴——老夫人已承认了他
们的婚事，从此后，用不着再藏头藏尾、提心吊胆了。
"相思事，一笔勾，早则展放从前眉儿皱，美爱幽欢恰
动头。"

　　莺莺与张生战战兢兢地来到了老夫人面前，等候发
落。老夫人虽然迫于无奈同意了两人的婚事，但她的许
婚是有条件的，在那门阀制度森严、科举入仕被列为头
等大事的年代，老夫人怎肯就此把莺莺嫁给张生？老夫
人在指责了张生几句后，马上提出了自己的条件："俺
三辈儿不招白衣女婿，你明日便上朝取应去。我与你养
着媳妇，得官呵，来见我，驳落呵，休来见我！"并吩咐法

本做好饯行准备。于是,张生与莺莺又从惊喜中顿时转入离别的悲伤中。

"拷红"是《西厢记》全剧的又一关键,与"白马解围"一样,使剧情出现转折,别现天地。在"拷红"之前,张生与莺莺经过不懈的努力,遭受种种曲折,终于私下成就姻缘,沉浸在爱情的欢乐中,似乎一场好戏到此已该收场了。但是名分不正的婚姻在那个时代注定是不会一帆风顺的,势必横生枝节;如以这样的结果,加上老夫人承认既成现实,完成形式上的婚礼为收煞,也不符合传统的意识与观众的普遍心理。因此,作者设计了"拷红"一节,斩断前路,别开蹊径,让剧情增加新的波澜,向新的逻辑方向发展。

在元稹的《莺莺传》中没有"拷红"这一情节。在《西厢记》蓝本董解元《西厢记诸宫调》中增加了相关的情节,但写得平淡无奇,没有老夫人拷问红娘一节,仅是严厉地盘问张生、莺莺;当老夫人得知两人已偷情私会后,也是照一般做法,被迫把女儿嫁给张生以遮羞,还设宴求张生，没有逼张生上京应试，仍然延续《莺莺传》，说张生看重功名，自己离开莺莺，上京应考。这样处理，使剧本如强弩之末，软弱无力，张生的形象因之也黯然失色，连以后的情节，由于这一转折处理得疲癃无味，也变得可有可无了。王实甫对这情节做了大幅度的加工，发挥了他卓越的创造力，使"拷红"成为全剧最精彩的片断，至今仍是广为观众熟悉与欢迎的折子，在舞台上长演不衰。

一〇、送　别

　　第二天,在老夫人的安排下,张生踏上了去京城长安应试的道路,怀着满腔的愁思,离开了普救寺。老夫人带着莺莺与红娘,长老法本随着,送出了郊外。

　　"悲莫悲兮生别离"。可是人的一生,总离不开别离。江淹著名的《别赋》曾经感叹:"黯然销魂者,唯别而已矣!"说人生最使人心神沮丧、失魂落魄的,莫过于别离一事,可以说道尽了伤心别离人的怀抱。江淹又说,别离给人的情绪相同,别离的原因、情况却不尽同,"是以别方不定,别理千名,有别必怨,有怨必盈,使人意夺神骇,心折骨惊"。张生与莺莺的别离,又何尝不是如此呢?

这时候,郊外的景物格外令人伤感:

〔端正好〕碧云天,黄花地①,西风紧,北雁
南飞。晓来谁染霜林醉？总是离人泪。(第四
本第三折)

① 黄花:菊花。李清照《声声慢》词:"满地黄花堆积。"

这是莺莺上场后唱的第一支曲,写的是景,却徐徐
流出一片愁心冷绪。面对分离,莺莺伤心欲绝。但作者
不是如前几本中那样,让她直接抒情,而是借郊外饯行
这个题目,先撷取萧瑟肃杀的秋景,来衬托她的内心世
界。头顶上是碧蓝深湛的天空,白云在飘浮,张生如云
般,也将随风而去;大地上黄花堆积,不正映照了人与黄
花同瘦么？一阵阵凄紧的北风,中人肌肤;一阵阵高吭
的雁鸣,刺人心臆。雁南飞,人西去,来年雁飞回,人在
何时归？她深深地叹息着,眼前经霜的树叶,是什么把
它染红了？大概就是离别人的眼泪吧!

　　曲首两句出自范仲淹《苏幕遮》词："碧云天,黄叶地,秋色连波,波上寒烟翠。"范词写的是塞上景物,王实甫将它移入曲中,以蓝天、黄花表示秋景,暗示莺莺心中的失落与惆怅,紧接以西风、雁飞,寓离别的锥心刺骨般的伤心。"晓来"两句,明显以董解元《西厢记》"君不见满川红叶,尽是离人眼中血"锤炼而出,而据王季思注引蒋礼鸿语,王董二词实又融合了苏东坡和章质夫杨花词"细看来不是杨花,点点是离人泪",及唐人诗"君看陌上梅花红,尽是离人眼中血"句。王实甫的曲文,较前人更形象生动,也更工整生新。尤其"晓来谁染霜林醉",以"醉"暗点"红"字,含蓄而有韵味。王实甫曲以炫丽华美著称,尤擅长将前人诗词成句移置变化入曲,妙句天然,不见斧凿凑合痕迹,这首曲就是成功的例子,其他如前已摘引的第二本第一折〔八声甘州〕"风袅篆烟不卷帘,雨打梨花深闭门",及〔混江龙〕"落红成阵,风飘万点正愁人"、"隔花阴人远天涯近"等句,均是如此。

　　在凄凉的秋色的激发下,莺莺积蓄的离情别绪,缓缓流了出来:

〔滚绣球〕恨相见得迟，怨归去得疾。柳丝长玉骢难系①。恨不得倩疏林挂住斜晖②。马儿迟迟的行③，车儿快快的随，却告了相思回避④，破题儿又早别离⑤。听得道一声去也松了金钏，遥望见十里长亭减了玉肌⑥，此恨谁知！（同上）

① 玉骢：玉花骢，一种青白间色的马。也代指骏马。

② 倩：请。

③ 迟迟：行动迟缓的样子。

④ "却告了"句：谓刚刚结束相思。却，恰。

⑤ 破题：旧时应举制文，起首点明题意，称破题。此指事情的开端、起首。

⑥ 长亭：古代在路边设置的休息场所，十里一长亭，五里一短亭。

常常是这样：当要失去时便觉得拥有的可贵，当要离别时便感到聚会的短暂。眼见太阳已将偏西，莺莺绝望地感叹光阴逝如川水,怨恨相见得太晚,痛感离去得太快。满眼飘拂的柳丝,你为什么不能为我拴住张生的马?远处稀疏的树林,你为什么不能为我挂住太阳,使它不能西下?这两组比喻,把自己的感情完全融注了进去。柳丝系马,想象奇特丰富。古人有折杨柳送别的习俗,取柳与"留"谐音,因此在送别时多寄情柳树,如王之涣《送别》云:"杨柳东门外,青青夹御河。近来攀折苦,应为别离多。"莺莺此时既无法留住张生,便由柳条细长的外形,结合离别的本意,引发柳丝系不住马——留不住人的恨意,可谓层层递进,含意无限。这样深折奇崛的修辞方法,正是《西厢记》的长处,我们在欣赏《西厢》曲文时,切不可草草放过。

　　然而,时光不会停驻,幸福不可能永恒,莺莺知道意志不能回天,便希望张生的马走得慢些,自己乘的车走得快些,能够并排前行,让张生在自己旁边多呆一会也是好的。她感叹彼此不能结合而互相思恋的日子虽已结束,分别的相思却重新开始,老天,老夫人是多么不成人之美啊!要走了,长亭在望了,莺莺觉得自己顿时憔悴瘦损了许多。这末尾数句极其夸张,离别的折磨固然能使人瘦损,但瘦损是渐渐的。"一夜愁白头",或有其事;顿然减玉肌,必无此理。这一夸张是大胆的,但效果很明显,深刻反映了莺莺此刻魂销心碎的心情,所以金圣叹评为:"惊心动魄之句,使读者亦自失色。"

长亭到了,离别的地方到了,莺莺见到了什么,想到了什么呢?剧本继续写道:

〔叨叨令〕见安排着车儿马儿,不由人熬熬煎煎的气。有什么心情花儿靥儿①,打扮的娇娇滴滴的媚?准备着被儿枕儿,则索昏昏沉沉的睡。从今后衫儿袖儿,都揾做重重叠叠的泪②。兀的不闷杀人也么哥,兀的不闷杀人也么哥!久已后书儿、信儿,索与我恓恓惶惶的寄③。(同上)

① 靥儿:妇女贴在两颊的装饰物。
② 揾:揩拭。

③ 恓恓惶惶：愁苦悲伤。

　　曲即目写来，随手挥洒。由车儿、马儿，想到马上要分手，于是怨气丛生，煎熬不已。由离别又逆转，说自己匆匆出门，心情不好，怎么会刻意打扮呢？由此补写了人与景同样憔悴。随后，莺莺的思维又作跳跃，撇开眼前的离别，直想到别后的寂寥，说自己孤枕独眠，一定是日日以泪洗面，难以排遣；唯一希望的是张生多寄书信，以慰相思。"恓恓惶惶"的寄，意蕴深长，不说自己恓恓惶惶，而说张生恓恓惶惶，可谓一石二鸟，将心比心，委婉深至。王伯良评说："'书儿信儿'句，悲怆之极。"

　　离别的酒摆了上来，老夫人令张生、莺莺入座，饮酒叙别。老夫人谆谆叮咛张生："到京师休辱没了俺孩儿，挣揣一个状元回来者。"而在莺莺心中，夺得状元与分别的分量相比是那么地微不足道。在她眼中，离别的筵席凄凉不堪，犹如四周"下西风黄叶纷飞，染寒烟衰草萋迷"的残败迷离的景物，对着杯中的酒，她怎么能下咽呢？抬起痴情的泪眼悄悄看张生，他侧身斜坐，无精打彩,眼里也含着伤心的泪。正巧,张生抬眼看莺莺,两人的目光碰撞在一起,心灵作着无声的交流。张生怕莺莺见自己流泪而伤悲,又恐老夫人见怪,连忙把头低下,假装整理衣衫,却忍不住叹了一口气。这细微而富有深意的情态映入莺莺眼中,那深沉的叹息刺入莺莺的心扉,在剧中便化作莺莺的内心独白得以婉转地描绘出来:

〔小梁州〕我见他阁泪汪汪不敢垂①,恐怕人知。猛然见了把头低,长吁气,推整素罗衣②。

〔幺篇〕虽然久后成佳配,奈时间怎不悲啼③?意似痴,心如醉,昨宵今日,清减了小腰围④。(同上)

① 阁:含着,噙着。

② 推:推托为,装作。

③ 奈:怎奈。时间:目前,眼下。

④ 清减:更加消瘦。

156

　　闲闲数句，推己及人，写得细腻妥帖。金圣叹对此拍案叫绝，评说："真写杀张生也。然是写双文（莺莺）看张生也，然则真看杀张生也。写双文如此看张生，真写杀双文也。……文心漩澓，真有何限！"

　　叔本华《作为意志和表象的世界》说："主体的情调，意志的影响，授予静观的环境以它的色彩，而环境又再把这色彩反映给意志。"意思是说，人们往往根据自己的主观世界来观察客观世界，于是反映到作品中，客观世界都带有了主观色彩。这一艺术手法，在中国古代诗词中被反复使用，如杜甫《春望》："感时花溅泪，恨别鸟惊心。"秦观《春日》："有情芍药含春泪，无力蔷薇卧晓枝。"均将情感移入景物，制造更加深刻的境界，使读者产生共鸣。莺莺此时也是如此。满怀伤愁，触目便都是伤心景、伤心事，当红娘见她不肯进餐劝她喝些汤水时，她觉得满桌的酒食淡然无味，难以下咽，她评判说：

　　〔快活三〕将来的酒共食，尝着似土和泥。

假若便是土和泥,也有些土气息泥滋味。(同上)

　　如此妙语,真难为作者如何想出来! 泥土本无什么滋味,但酒食比泥土更无滋味,看似无理,言过其实,而作者正是通过翻过一层、步步深进,来揭示莺莺的心境。这类写法,也是诗家常用手法。如宋徽宗《燕山亭·北行见杏花》:"怎不思量,除梦里有时曾去。无据,和梦也新来不做。"以无梦进一步表思念之苦。晏幾道《阮郎归》词:"一春犹有数行书,秋来书更疏。""梦魂纵有也成虚,那堪和梦无。"也用递进法,加深感情的层次。但二者总不如《西厢记》中这支〔快活三〕那么质朴形象,那么感人心弦。酒和菜都淡而无味,但酒和菜似乎又充满了苦涩。莺莺进而感叹那酒"暖溶溶玉醅,白泠泠似水","多半是相思泪"。自己已被恨塞满了肠胃,还能吃什么呢? 千怪万怪,只怪母亲逼张生离开,去博取蜗角虚名、蝇头微利,全不理解女儿的心事。

　　分离的时候终于到了,老夫人先行领众人离开,吩咐莺莺与红娘随后赶快回来。到这时,这一双情人才有

了互诉衷肠的机会,但已是余霞在天,山涵暮气,时间不
多了。莺莺针对母亲的话,赶忙嘱咐:"此一行得官不
得官,疾便归来。"张生为了安慰莺莺,说自己中试得
官,易如拾芥,一定会得意而归。莺莺又关照张生,到了
京城,要注重身体,沿途注意保养,不要过于劳累。正是
心中有千言万语要说,可又怎么能说得尽呢? 她关心着
张生,不由地想到张生走后,又有谁爱自己、疼自己呢?
以下一支曲便演绎这一心情:

　　〔要孩儿·三煞〕笑吟吟一处来,哭啼啼独
自归。归家若到罗帏里,昨宵个绣衾香暖留春
住,今夜个翠被生寒有梦知。留恋你别无意,
　　见据鞍上马,阁不住泪眼愁眉。(同上)

　　曲写莺莺想到别后的孤凉况味,哀哀欲绝。"笑吟
吟一处来"是《西厢记》第一等无理之句,金无足赤,大
家不免。好在接叙"昨宵"、"今夜",两两对照,以见愁
之深、心欲碎,字字凝血和泪而成。

终于,张生上马,告辞了莺莺,徐徐远去。莺莺凝望着他的背影,目送他消失在暮霭中,不见了踪影。她恨不得搬去青山,砍去挡住视线的树林,赶散迷漫的烟岚,但,这一切岂能办到? 尽管她"泪添九曲黄河溢,恨压三峰华岳低",眼前也只剩下"夕阳古道无人语",秋风中禾黍翻滚,远处传来一声马嘶。黄昏本来就是最容易引起伤感的时候,当一天活跃的生机接近了尾声,人们自然会觉得迷惘,涌起低沉的情绪。如《楚辞·九歌·河伯》:"日将暮兮怅望归,惟极浦兮寤怀。"由日暮而思归,宋玉《九辩》:"白日晼其将入兮,明月销铄而减毁。岁忽忽而遒尽兮,老冉冉而愈驰。"由日暮想到时光的飞逝,人生的短暂。莺莺对着黄昏,更添益了惜别的沉痛,直到红娘再三催促,方才登上返程的车儿,从肺腑中叫唤着:

〔收尾〕四围山色中,一鞭残照里①。遍人间烦恼填胸臆,量这些大小车儿②,如何载得起? (同上)

① "四围"二句：马致远《寿阳曲》"四围山一竿残照里"，与此仿佛。

② 大小车儿：即小车儿。

　　元杂剧每折由同一宫调的曲子一套或二套组成，这是本套曲的收尾，也是一折的收尾曲。作品着墨不多，而意境深远，回味无穷。作者没有着意描写莺莺如何愁，而是说她目睹张生远去，眼前只剩下群山四合，夕阳残照，把人物放在萧瑟景物的大背景中，自然产生无穷的愁思，构思如同岑参《白雪歌送武判官归》的结尾"山回路转不见君，雪上空留马行处"，给人以回味。袁栋《书隐丛谈》云："昔人临歧握别，恋恋不忍舍，形于诗歌。《邶风》云：'瞻望弗及，涕泣如雨。'王摩诘（维）云：'车徒望不见，时见起行尘。'欧阳詹云：'高城已不见，况复城中人。'东坡（苏轼）云：'登高回首坡陇隔，时见乌帽出复没。'各极其致。而王实甫曲云：'四围山色中，一鞭残照里。'尤为道丽得神也。"

　　曲最后两句，更为人津津乐道。愁本是无形的，抽象的,但忧愁压在心头,又确实让人感觉喘不过气来,体会到它的重量,于是古人便把它想象为实在的物质。如杜甫以山喻愁,说"忧端如山来,澒洞不可掇",赵嘏也说"夕阳楼上山重叠,未抵春愁一倍多"。李颀以水喻愁,说"请量东海水,看取浅深愁",李煜也说"问君能有几多愁,恰似一江春水向东流",秦观说"落红万点愁如海"。到了贺铸《青玉案》词"试问闲愁都几许? 一川烟草,满城风絮,梅子黄时雨",以三者比愁之多,兴中有比,意味深长。愁既然有重量,是实体,有人便拟放在载体上运走。郑文宝《柳枝词》云:"亭亭画舸系春潭,直到行人酒半酣。不管烟波与风雨,载将离恨过江南。"苏轼《虞美人》词云:"无情汴水向东流,只载一船离恨向西州。"李清照《武陵春》词云:"只恐双溪舴艋舟,载不动许多愁。"王实甫向前人学习,即眼前小车生发,说这小小车儿载不动人间烦恼,以丰富的想象力,加以独到的见解,化虚为实,把心中感受活生生地展现了出来。金圣叹赞为"奇句、妙句"。

一一、惊　梦

　　离开了长亭,告别了莺莺,张生骑着马,在夕阳的余晖下踽踽凉凉地向京城行去。他恋恋不舍,步步回头,蒲州城已被暮色所吞噬,只有路边的树林,在风中抖落着黄叶,马儿似乎懂得主人的心意,也许是对主人沉重的愁绪不堪负担,慢吞吞地走着。忽然,一行大雁掠过天空,传来阵阵高吭的鸣声,这鸣声,深深地摇动了张生孤寂凄凉的心弦,使他潸然泪下。

　　不知不觉,三十里路过了,天已黑了,到了草桥店,张生歇了马,投店内住下。他什么也吃不下,马上躺到床上,眼前不断闪过的是与莺莺的欢会缠绵景况,翻腾在心中的是方才别离时的痛苦。剧本这样描绘:

　　〔落梅风〕旅馆倚单枕，秋蛩鸣四野①，助人愁的是纸窗儿风裂②。乍孤眠被儿薄又怯③，冷清清几时温热？（第四本第四折）

① 秋蛩：蟋蟀。

② 纸窗儿风裂：风吹着破窗户纸。

③ 怯：指因冷而畏缩。

　　曲中写张生独倚枕上，耳边是野外秋天蟋蟀嘶哑的鸣叫声，纸窗破了，风从窗洞钻入，吹得破纸哗哗直响。这数句，以冷清凄凉的景物映衬张生的凄凉孤寂，以夜的寂静衬托张生心中的不平静。在写静时，又以动衬静，以闹衬静，通过蛩声、风声、窗纸抖动声来表现夜的幽深与寂静。其手法，与王籍《入若耶溪》诗句"蝉噪林逾静，鸟鸣山更幽"的修辞手法相同，加倍给人以静的感受。"助人愁的是纸窗儿风裂"句，又很容易使人想起辛弃疾《清平乐·独宿博山王氏庵》词上半阕"绕床饥鼠，蝙蝠翻灯舞。屋上松风吹急雨，破纸窗前自语"来，因

人有了防备。这里取字面意,指心急慌忙地赶路,惊动了
草里的蛇。

③ 觉些:同"较些",指略有宽缓。

④ 趐(xué):风吹盘旋貌。

曲写莺莺一个人在荒郊奔走,陪伴她的是满地霜
露、凄厉秋风。她喘喘吁吁,心慌意乱,跑在高低不平、
曲曲折折的道路上。可以想象,这情节在舞台上演出
时,随着演员动作与布景的变化,加上乐器的伴奏,定然
使观众有身临其境的感觉,而仅读曲词,就足以使人心
神紧张,为莺莺的行为捏一把汗。令人注目的是,曲文
全写情态,绘声绘色,质朴浅易,而忽夹入"清霜净碧
波,白露下黄叶"语,清新明丽,而不觉其过于文饰,这
正是王实甫词曲与别人不同处。

这一段写"梦奔"的情节,在构思上借鉴了陈玄祐
的《离魂记》。《离魂记》写王宙与倩娘相爱,因婚姻无
望而分别,倩娘因思念王宙染病不起,魂离身躯,追赶远
行的王宙,一起私奔。这一节,在元郑光祖的杂剧《倩

女离魂》中作了重点描绘,现移引于下,以与《西厢记》
一起欣赏:

〔紫花儿序〕想倩女心间离恨,赶王生柳外兰
舟,似盼张骞天上浮槎①。汗溶溶琼珠莹脸,乱松
松云髻堆鸦。走的我筋力疲乏,你莫不夜泊秦淮卖
酒家②。向断桥西下,疏剌剌秋水菰蒲,冷清清明
月芦花。

〔小桃红〕我蓦听得马嘶人语闹喧哗③,掩映在
垂杨下。唬的我心头丕丕那惊怕,原来是响珰珰鸣
榔板捕鱼虾④。我这里顺西风悄悄听沉罢,趁着这
厌厌露华⑤,对着这澄澄月下,惊的那呀呀呀寒雁
起平沙。

〔调笑令〕向沙堤款踏⑥,莎草带霜滑,掠湿湘
裙翡翠纱,抵多少苍苔露冷凌波袜。看江上晚来堪
画,玩冰壶潋滟天上下⑦,似一片碧玉无瑕。

〔秃厮儿〕你觑远浦孤鹜落霞⑧,枯藤老树昏
鸦⑨,听长笛一声何处发。歌欸乃⑩,橹咿哑。

〔圣药王〕近蓼洼⑪,缆钓槎,有折蒲衰柳老兼

葭⑫。傍水凹,折藕芽,见烟笼寒水月笼沙⑬,茅舍
两三家。

① "似盼"句:《荆楚岁时记》载,张骞曾乘槎到银河。

② "你莫不"句:改杜牧《泊秦淮》"夜泊秦淮近酒家"句。

③ 蓦:忽然。

④ 鸣榔板:用木板敲船舷以惊鱼入网。

⑤ 厌厌:浓重。

⑥ 款踏:慢走。

⑦ "玩冰壶"句:谓月光照在水中,水光天色,上下通明莹彻。

⑧ 孤鹜:孤单的野鸭。此句套用王勃《滕王阁序》"落霞与孤
鹜齐飞"句。

⑨ "枯藤"句:马致远《天净沙·秋思》中句。

⑩ 欸乃:船夫的棹歌。

⑪ 蓼汀:长有草的河边。

⑫ 蒹葭:芦苇。

⑬ 烟笼寒水月笼沙:杜牧《泊秦淮》中句。

很明显,两段曲同样写夜奔情节,王作俗朴,郑作优雅;

王作音调急促，郑作音调舒缓；王作着重于心理描绘，写出郊野路径的曲折，较为简洁；郑作着重于景物的刻画，描摹水边景物，较为细腻。总而言之，二剧的描写都密合人物性格，均取得很高的成就。此外，郑光祖是元杂剧作家中受王实甫影响最深的、风格与他最接近的人，从这儿所引，也可感到《西厢记》曲文的韵味。

终于，在张生的梦里，莺莺来到了草桥店，敲打着张生的门。张生从床上起身，打开门见是莺莺，又惊又喜。两人在灯下喁喁私语，互诉衷肠，再次发誓要"生则同衾，死则同穴"，永远伴随在一起。两人正谈得情浓，巡逻的兵丁看见有女子渡河进入草桥店，便跟踪而至，敲门闯入，把莺莺强行带走。张生大惊而醒，原来是南柯一梦。起身推门往外看，只见一天露气，满地白霜，晓星初上，残月犹明。王实甫是元曲家中公认的写景抒情圣手，在这里，他又舒妙笔，作了一番描摹：

〔雁儿落〕绿依依墙高柳半遮，静悄悄门掩清秋夜。疏刺刺林梢落叶风，昏惨惨云际穿窗月。

〔得胜令〕惊觉我的是颤巍巍竹影走龙蛇[1]，虚飘飘庄周梦蝴蝶[2]，絮叨叨促织儿无休歇[3]，韵悠悠砧声儿不断绝[4]。痛煞煞伤别，急煎煎好梦儿应难舍；冷清清的咨嗟，娇滴滴玉人儿何处也！(同上)

[1] 走龙蛇：形容竹子细长的影子在晃动。

[2] 庄周梦蝴蝶：《庄子·齐物论》："昔者庄周梦为蝴蝶，栩栩然蝴蝶也。自喻适志也，不知周也。俄然觉，则蘧蘧然周也。不知周之梦为蝴蝶与？蝴蝶之梦为周与？"

[3] 促织儿：蟋蟀。

[4] 砧声：捣衣声。

在曲中，作者不单单是描写景物，而是结合梦醒后的张生的心性，将无限的失落与迷惘贯穿在景物之中，加倍写出别离后孤独凄凉的景况。于是那绿柳高墙，林中夜风，云际昏月，都由于他的伤情而蒙上了一层悲凉的色彩，使张生更加触目惊心；那竹影摇晃，促织低鸣，砧声断续,都成了离别的伴奏曲,使张生更加思念莺莺。他深深感叹梦中相见的短暂,心中空虚失落。曲夹叙夹议,有景语,有情语,质朴而清通,意永味隽。尤其是象声词、形容词的叠用,如明珠流转,齐整而出,使曲文声情俱茂,萦回迂徐、惟妙惟肖地把张生的百结愁肠、千种别怨表现了出来。王伯良评说:"赋旅邸梦回之景,凄绝可念。"徐士范评说:"叠字对词,奉之令人凄绝。"

元曲与词比,虽然用韵及声调平仄等也很讲究,但由于可以在曲文中随意加入衬字,所以相对比较自由。元代又处于各游牧、少数民族与汉族逐步同化的时期,文学趋向自由化,尤其是元杂剧由于是演出本,必须附合不同层次的观众口味,起码让观众能听得懂,所以在曲文宾白中大量使用俗语与象声词,形成了多叠字及俗语的风格,这是元曲与此前产生的词及明代开始繁荣的传奇最根本的区别,上引两曲〔雁儿落〕、〔得胜令〕便是常被评家举为范本的例子。王实甫在这两支曲中全用三字格,如"绿依依"、"静悄悄"、"疏剌剌"等,在元曲其他作品中,有用俗语等至四字的,如马致远《黄粱梦》

第四折〔叨叨令〕曲云：

> 我这里稳丕丕土坑上迷飚没腾的坐，那婆婆将粗剌剌陈米来喜收希和的播。那塞驴儿柳阴下舒着足乞留恶滥的卧，那汉子去脖项上婆婆没索的摸。

曲以叠字辅以四字俗语，跳脱掷跃，生动活泼。郑光祖的《倩女离魂》第四折〔古水仙子〕也是如此：

> 全不想这姻亲是旧盟，则待教祆庙火刮刮匝匝烈焰生；将水面上鸳鸯，忒楞楞腾分开交颈。疏剌剌沙鞲雕鞍撤了锁鞊，厮琅琅汤偷香处喝号提铃，支楞楞争弦断了不续碧玉筝，吉丁丁珰精砖上摔破菱花镜，扑通通冬井底坠银瓶。

这支曲，全用四字格，或状态，或形声，均恰到好处，可与王实甫曲方驾齐驱。这样的遣辞，就是后来评论家最为赞赏的"本色语"，而这些俗语，也给今天研究元代语言留下了宝贵的资料。

张生梦醒后，再也无法入睡，天色渐明，他连忙梳洗毕,在熹微的晨光中,打马上了征途。旧恨连绵,新愁郁结,只有细长柳丝,呜咽流水,伴着他前行。

"惊梦"这一情节是《西厢记》整剧的精华所在,徐文长评说:"全篇皆梦中语,从天而降,模写如画。"这一情节极大地丰富了全剧的内容。在此以前,张生与莺莺分别时,两人单独交谈很短暂,且"送别"一节是由莺莺主唱,张生表现自己情感的机会不多,因此,从剧情的需要,王实甫特地安排了"惊梦"这场戏,让张生在梦中见莺莺追来,从而让他们在梦中淋漓痛快地再次抒发离情。同时,梦虽是张生所作,通过作者的艺术处理,由张生思念莺莺这根主线,派生出莺莺在离别之夜也同样思念张生这一内容,可谓面面俱到。这就是评论家认为《西厢记》高出凡笔的原因,毕竟在此前或同时写梦的作品,都只顾到一头,从没有像《西厢记》安排情节时如此周到。

《西厢记》敷演到"惊梦",内容占了全剧五本中四本,前四本分别题名为"张君瑞闹道场"、"崔莺莺夜听琴"、"张君瑞害相思"、"草桥店梦莺莺",最后一本四折题为"张君瑞庆团圆"。以前的研究者常常因为第五本结构松散、宾白曲词过于俚俗，与前四本有不尽一致处，从而认为第五本非王实甫作，有人认为是关汉卿所续，金圣叹即认为第五本"不知出何人之手"，是极恶文字。徐复祚《三家村老委谈》说后一本与前四本"笔力迥出二手，且雅语、俗语、措大语、白撰语，层见迭出，至于马户尸巾云云①，则真马户尸巾矣。且《西厢》之妙，正在于草桥一梦，似假疑真，乍离乍合，情尽而意无穷。何必金榜题名、洞房花烛乃愉快也"？前人评述，有其道理。但从主题上来说，第五本与前连成一片，是高潮后的余波，是作者为更改原故事结局所作的喜剧化处理，似不可缺；至于言语粗俗处，也是为郑恒这一反面人物量体裁衣而作，不必深责。因此，我们读《西厢记》还是把第五本作为全剧一个不可缺少的部分为妥。

① 马户尸巾：《西厢记》第五本第三折，红娘指责郑恒有"君瑞是个'肖'字这壁着个'立人'，你是个'木寸''马户''尸巾'"。用拆字法，说张生为"俏"，郑恒是"村驴厮"。

一二、团　圆

转眼秋去春来,张生在京,果然秀出同侪,高中状元,释下了心头的重担,但对莺莺的思念始终萦绕心头。榜发后,张生马上写了封信,令琴童连夜赶路送往河中府去,免得莺莺着急。这时,莺莺也正在苦苦思念着离家已半年的丈夫,神思不快,妆镜懒开,人渐消瘦,遥望京城,百无聊赖。这旧愁新愁,压得她烦闷难受,使得她回肠百结。这心情,只能对深深了解她、同情她的红娘倾诉:

〔集贤宾〕虽离了我眼前闷,却在心上有;
不甫能离了心上①,又早上眉头。忘了时依然还又，恶思量无了无休。大都来一寸眉峰[2]，怎当他许多颦皱[3]。新愁近来接着旧愁，厮混了难分新旧[4]。旧愁似太行山隐隐，新愁似天堑水悠悠[5]。（第五本第一折）

① 不甫能：即"甫能"，才能够，好容易。

② 大都来：大抵，总之。

③ 颦皱：因愁苦而皱眉。

④ 厮混：两者混在一起。

⑤ 天堑：天然壕沟。通常指长江。《南史·孔范传》："长江天堑，古以为限，虏岂能飞渡？"

　　这支曲，将心中的愁写得十分全面透彻。起首化用李清照《声声慢》词"此情无计可消除，才下眉头，却上心头"句，错综其词，说愁无处不在，在眼前，在心上；愁无休无止，无一刻暂离。以下，由眉头、心头生发，眉头放不下这许多愁，心头容不下这许多愁。旧愁未去，如远山隐隐高矗；新愁又来，如江水流淌绵绵。曲用极其

177

通俗的语句与比喻，把愁写得格外动人。毛西河（奇龄）评说："此怀远词也，纯以空笔掀翻，最妙。""新愁近来接着旧愁，厮混着难分新旧"，体贴新巧，似随手拈来，实则看似容易，成却艰辛，刊落铅华，反成绝妙好词。这样的构思，很容易让人联想到元管夫人的一首〔锁南枝〕："俊傻角，我的哥，和块黄泥儿捏咱两个。捏一个儿你，捏一个儿我，捏的来一似活托，捏的来同床上歇卧。将泥人儿摔，着水儿重和过。再捏一个你，再捏一个我，那其间我的身子里有了你，你的身子里有了我。"

　　写思妇独处，怀念远出的丈夫，是我国文学作品的主题之一。著名的如王昌龄的《闺怨》："闺中少妇不知愁，春日凝妆上翠楼。忽见陌头杨柳色，悔教夫婿觅封侯。"写一少妇，因见到季节变换，春天杨柳返青，正是欢乐时候，才勾起心头愁闷，叹息自己孤寂，后悔让丈夫远出去觅功名。莺莺与这少妇比，愁苦何啻百倍？她本来就多愁多感，张生的求取功名又不出自本意，眼见别时的黄叶萧萧换上了花开柳绿的繁茂，她只好倚遍栏杆，盼望归骑，暗数日子，慰藉寂寥。幸好，张生的信及时到了她的手中,她迫不及待地展读。信中张生对她的思念使她感动落泪,得知张生已高中状元,心中的一块大石头总算放了下来——老夫人的目的已经达到,相见的日子不远了。半年来,多少个日日夜夜,这以泪洗面的日子,总算马上要熬到头了。剧中写莺莺看信的一支曲,在第五本中,称得上是杰作佳构:

　　〔醋葫芦〕我这里开时和泪开,他那里修时和泪修。多管阁着笔尖儿未写早泪先流[1],寄来的书泪点儿兀自有[2]。我将这新痕把旧痕溼透[3],正是一重愁翻做两重愁。(同上)

① 阁:放着。
② 兀自:尚自,还。
③ 新痕把旧痕溼透:秦观《鹧鸪天》:"新啼痕间旧啼痕。"痕,泪痕。溼,弄湿。

　　曲采用一石二鸟的写作方法,从莺莺一边,带出张生修书时的情感，从"泪"上着眼，以"泪"概括相思的愁苦。于是，莺莺读信时激动、伤心、柔情、深爱等都在含着热泪的种种举动中表现出来了，而张生在写信时同样的感情也令人可以想见。两人的泪不是同时流，却合在了一起，泪上加泪，重重叠叠，难解难分。这样写，便把两人的感情统一了起来。所以一直以第五本为出于他人之手的"恶词"的金圣叹，也禁不住赞道："笔态翩翩如舞，浏亮如泻。便可云与《西厢》无二。"

女子的心是细腻的，敏感的。张生没考中前，她盼望张生考中，以消除母亲设置的障碍，而早日团聚；一旦张生高中状元，一些负心郎忘了糟糠妻、风流公子弃了旧情人的事又使她产生了新的疑虑：现在的张生，对我是否爱心依旧？怀着重重心事，她写下了回信，又附上了汗衫一领、裹肚一条、袜儿一双、瑶琴一张、玉簪一枚、斑管一支，叫琴童带给张生。寄汗衫的意思，是"他若是和衣卧，便是和我一处宿。但贴着他皮肉，不信不想我温柔"。裹肚是"常则不要离了前后，守着他左右，紧紧的系在心头"。袜儿是"拘管他胡行乱走"，琴是叫张生记着情意,玉簪是"怕他撇人在脑背后",斑管则是表达自己的愁苦,令张生"是必休忘旧"。

旧时女子丈夫在外,除了盼夫早归外,担心丈夫喜新弃旧、拈花惹草是普遍心理。《闲居笔记》载有妻子寄鞋袜给丈夫,并附诗一首云:"细袜弓鞋别样新,殷勤寄与读书人。好将稳步青云上,莫向平康谩惹尘。"《坚瓠集》也有同样内容的诗:"欲把相思远寄君,恐教牵动读书心。闲花野草休关念,养取葵心向紫宸。"莺莺在这里寄信附物,似乎尚不知张生之心而空疑多虑,好像与前对张生的深爱不合,实际上这正是当时社会现象的反映,也是旧时女子在封建制度与传统禁锢下的悲哀。翻过来说,如此做也是莺莺对张生爱的表现,惟有爱之深,才会产生种种疑忌,才会过分在乎张生的一切行为。

张生在京城收到莺莺的回信及所附诸物,自然心神领会,对莺莺的一片痴心感激不已,思归的欲望更加强烈。毕竟,他经过了这么多曲折与磨难,才能与莺莺结成好合,而不久又被拆散,来到京中,那春风桃李花开日,秋雨梧桐叶落时,点点变化都勾起他的离思,勾起他对莺莺爱恋。幸亏这时皇帝敕授张生为河中府尹,普救寺正在河中府,张生喜出望外,连忙辞朝,往河中府赶来。这一下,可称得上春风得意、衣锦荣归了。

没想到郑恒已先一步到了河中府。他本早欲启程,因家中无人,所以一再耽搁。这天,郑恒总算赶到,却听说张生退了孙飞虎贼兵,老夫人已把莺莺许给张生为妻,不便直接去找老夫人,就找了家旅馆住下,派人去把红娘找来,问清缘由。红娘见了郑恒,把事情经过详述了一遍。郑恒重重责备老夫人无理赖婚,又责备老夫人把莺莺嫁给张生这样的穷酸,自夸自己强过了张生百倍。对此,红娘完全站在张生一边,把郑恒狠狠羞辱了一顿。这一折的唱词由红娘唱,被徐文长等评家讥为迂板,"不似婢子语",在此我们不妨引两支被金圣叹骂为"人言屎臭极矣,此并非屎,人言鬼丑极矣,此并非鬼"的曲子:

〔斗鹌鹑〕卖弄你仁者能仁,倚仗你身里出身①,至如你官上加官,也不合亲上做亲。又不

曾执羔雁邀媒②,献币帛问肯③。恰洗了尘④,
便待要过门。枉腌了他金屋银屏⑤,枉污了他
锦衾绣裀。

　　〔紫花儿序〕枉蠢了他梳云掠月⑥,枉羞了
他惜玉怜香,枉村了他殢雨尤云⑦。当日三才
始判⑧,两仪初分⑨,乾坤,清者为乾浊者为坤,
人在中间相混。君瑞是君子清贤,郑恒是小人
浊民。(第五本第三折)

① 仁者能仁,身里出身:当时俗语。王骥德注云:"仁者能仁,
　夸己行止;身里出身,夸己门第。"

② 羔雁:古代聘礼,媒人行聘时以小羊与雁为贽。

③ 币帛:钱与绸缎。古代求婚时的彩礼。

④ 恰洗了尘:谓刚从远方来。洗尘:即接风。

⑤ 腌:肮脏。

⑥ 梳云掠月:梳妆打扮。此处云喻头发,月喻脸。

⑦ 村:粗蠢,粗俗。殢雨尤云:喻男女欢爱。

⑧ 三才:天地人。判:分开。

⑨ 两仪：天地。

在这两支曲中,红娘伶牙俐齿,先抢白了郑恒一场,再历历数落贬低他,一连用五个"枉"字,如连珠炮,层层进逼,把郑恒讲得一文不值,使他几无藏身之地,读来令人畅快无比,徐士范评说:"俚雅互陈,便是当家。"红娘如此说,固然是剧情打诨的需要,但红娘作为一个丫头,对郑恒确实不该如此大胆无礼,而"梳云掠月"、"惜玉怜香"等套话叠用,也与《西厢记》全本语言风格不相称。

郑恒被红娘奚落了一场,十分无趣。可他认为自己订婚在前,占住理字,岂肯将莺莺拱手让给张生?灵机一动,便入普救寺来拜见姑妈,造谣说张生状元及第,夸官游街三日,第二天遇上卫尚书小姐结彩楼抛彩球选夫,选中了张生,张生已与卫小姐成亲了。老夫人听见张生弃了女儿,另娶别人,勃然大怒,大骂张生忘恩负义,决定再践前盟,把莺莺嫁给郑恒,下令次日拣个吉日良辰便过门。郑恒达到目的,欢天喜地地去准备茶礼花红,打点筵席去了。

　　第二天,崔府中一片忙碌,那边白马将军杜确已听到张生授了河中府尹,满心欢喜,忙准备礼物,往普救寺来,一来祝贺张生高中,二来打算为张生主婚。张生风尘仆仆地赶到河中府,入了家门,却遭受一番冷遇。听了老夫人的解释,张生才明白是郑恒捣鬼,少不了一番辩解,并要与郑恒当场对质。正闹得不可开交,杜确赶到了,为张生洗刷污名。郑恒见谎言戳穿,众叛亲离,更无法与杜确、张生抗衡,又羞又恼,一时兴起,一头撞死在树上。

　　元代杂剧家把情节称为"关目",十分注重情节的安排,充分照顾到主题思想、戏剧冲突与人物性格在情节中的体现。作家充分发挥想象,利用戏曲可以不受时空限制的特点,以各种形式来展现人物活动,严密而巧妙地安排情节,塑造艺术形象。正如李渔在《曲话》中所说,戏曲家布局——即安排情节结构时,犹如"工师之建宅","基址未平,间架未立,先筹算何处建厅,何方开户,栋需何木,梁需何材,必俟成局了然,始可挥斤运斧。倘造成一架而后再筹一架,则便于前者,不便于后,势必改而就之,未成先毁"。因此,成熟的作家在每一折中,都注意前后呼应,彼此相照,在《西厢记》中,表现尤为突出。如郑恒是全剧二十折至此方登场的人物,因此很多研究者认为这是个可有可无的角色,他的出场,反而使剧情拖沓疲癃。实际上,仔细考虑剧本舞台效果与情节安排,王实甫在郑恒身上也费了不少心血。《西厢记》至此已接近大团圆的结局,这种结局,在今天来看,似乎已成俗套,许多人更喜欢强调悲剧的感人力量;而在当时,反而是一种创新。在《西厢记》以前的爱情戏曲,以悲剧为结果的占多数,而元蒙统一全国后,历尽战乱的人们出于对安定生活的追求与满足,更喜欢这样"大团圆"式的喜庆结局。郑恒出场,挑拨、胡闹,扮演的是丑角,是反面角色,这样便为大团圆设置了一重小障碍,增加一番悬念,让人观后有一种如释重负般的满足与轻松,不至于使观众剧未散而心先散。此外,李渔在论戏曲时还强调要"密针线",就是说在洋洋洒洒一部大戏中,关目孔多,事情烦琐,人物之间必须如草蛇灰线,互相起伏照应,使人没有空子可钻,无懈可击,这才是妙文。王实甫设计的郑恒,虽安排在最后登场,为喜剧的结果推波助澜,但远在首本楔子就通过老夫人的口将郑恒作了交代,中间赖婚时又提起,使人对郑恒最终之闹有所准备,直到最后才让他顺理成章地出场争婚,又让他触树而死,可见作者布局的周到细密。

一场误会,烟消云散,老夫人此时只得将莺莺配与张生。崔府重新热闹起来,张灯结彩,为两人举办婚礼。全剧在这样的欢乐气氛中降下了帷幕:

〔清江引〕谢当今盛明唐圣主,敕赐为夫妇。永老无别离,万古常完聚,愿普天下有情的都成了眷属。(第五本第四折)

在《西厢记》原本中,这支曲前有"使臣上科"四字,但没有宾白,这在剧本中常见,是提示以下按戏曲常规套路搬演,这里搬演的内容应当就是"敕赐为夫妇"。

这样乱轰轰收场是当时许多剧本迎合市民口味的惯套，毛西河解释说："此是乐府结例，如'天子寿万年'、'延年万岁期'等，所谓'乱'（结尾）也。即此犹见汉魏后乐府遗法。"但是这惯用的结尾唱词却唱出了"愿普天下有情的都成了眷属"这一主题，它的意义就不一般了。希望有情人长相厮守，永不分离，是爱恋中的情人普遍的愿望与追求。早在五代冯延巳《长命女》词中，便如此说："春日宴，绿酒一杯歌一遍，再拜陈三愿：一愿郎君千岁，二愿身常健，三愿如同梁上燕，岁岁长相见。"元商挺〔潘妃曲〕又如此强调："闷酒将来刚刚咽，欲饮先浇奠。频祝愿：普天下心厮爱早团圆。谢神天，教俺也频频的勤相见。"由自己对爱情的追求，推及到对"普天下"情侣的祝愿，这与元白朴《墙头马上》剧中"愿普天下姻眷皆完聚"相同。由于《西厢记》故事情节感人至深，这一祝愿又是在大团圆的喜庆气氛中由主角的幸福而推及"普天下"，所以格外令人感动，这一主题也就几乎成了《西厢记》所独有，从而使后世不知多少才子佳人在咀嚼这句话时，似痴如醉，无限神往。

《中国古代文史经典读本》(文学类) 书目

诗经楚辞选评／徐志啸撰

古诗十九首与乐府诗选评／曹旭撰

三曹诗选评／陈庆元撰

陶渊明谢灵运鲍照诗文选评／曹明纲撰

谢朓庾信及其他诗人诗文选评／杨明、杨焄撰

高适岑参诗选评／陈铁民撰

王维孟浩然诗选评／刘宁撰

李白诗选评／赵昌平撰

杜甫诗选评／葛晓音撰

韩愈诗文选评／孙昌武撰

柳宗元诗文选评／尚永亮撰

刘禹锡白居易诗选评／肖瑞峰、彭万隆撰

李贺诗选评／陈允吉、吴海勇撰

杜牧诗文选评／吴在庆撰

李商隐诗选评／刘学锴、李翰撰

柳永词选评／谢桃坊撰

欧阳修诗词文选评／黄进德撰

王安石诗文选评／高克勤撰

苏轼诗词文选评／王水照、朱刚撰

黄庭坚诗词文选评／黄宝华撰

秦观诗词文选评／徐培均、罗立刚撰

周邦彦词选评／刘扬忠撰

李清照诗词文选评／陈祖美撰

辛弃疾词选评／施议对撰

关汉卿戏曲选评／翁敏华撰

西厢记选评／李梦生撰

牡丹亭选评／赵山林撰

长生殿选评／谭帆、杨坤撰

桃花扇选评／翁敏华撰